さらば南紀の海よ

西村京太郎著

新 潮 社

新 潮 文 庫

さらば南紀の海よ

西村京太郎著

新 潮 社 版

11473

目次

さらば南紀の海よ

第一章　母の死

1

母が、突然、倒れた。

五月下旬の真夜中のことである。

伊藤雄介《いとうゆうすけ》は、慌《あわ》てて救急車を呼んだが、その後は、文字通り、悪夢の連続だった。運ばれた救急病院では、ガンの疑いがあるので、自分のところでは、しっかりとした治療ができない。だから、がんセンターに送るといわれた。

がんセンターでは、血液のガンだと、診断された。

「あなたが、ご家族ですか？」

と、医者が、きいた。

雄介は、

「一人息子です」

と、いった。

「失礼ですが、現在、お仕事は、何をやっていらっしゃるのですか？」

と、医者が、きく。

顔中無精ひげで、生気のない顔をしていた雄介のことを、医者は、信用できなかったのだろう。たしかに、疑われても、仕方がなかった。

現在、雄介は二十八歳である。しかし、ちゃんとした職業には、就いていない。これまで雄介は、母・美由紀《みゆき》のお荷物のような、生き方をしてきた。

少しましないい方をすれば、売れない作家だろう。しかし、これといった作品は一つも書いていないから、作家とは、呼べないかもしれない。

「現在、無職です」

と、雄介は、いった。

医者は、無言で、目をしばたたいた。

こんな頼りない男に、母の本当の病状を説明しても、分からないとでも、思ったのだろうか？　だから、雄介は、

「本当のことを教えてください」

と、いった。

「今も申し上げたように、お母さんには、血液のガンの疑いがあります。さらに、詳しく調べないと断定はできませんが、一応、覚悟だけはしておいてください」

と、医者が、いう。

「ガンではない可能性だってあるんでしょう？」

雄介が、きくと、医者は、

「ええ、もちろん、ありますが、あまり、期待はしないでください」

と、表情を変えずに、いった。

「血液のガンだとしたら、どうなるんですか？」

「本来なら、こういうことは、申し上げたくないのですが、あなたが、息子さんで、本当のことが、知りたいとおっしゃるので、いいましょう。血液のガンという診断が正しければ、現在の医学では、手の施しようが、ありません。長くても一年、短けれ

ばあと半年の命と考えてください」

と、医者が、いった。

母は、そのまま、入院することになった。

担当の医者も雄介も、ガンだということは、母には、いわなかった。そのせいか、母は、意外に、元気だった。血色もいいし、熱もない。そのこともあってか、

「これなら、すぐに退院できるかもしれないわね」

と、母は、雄介に向かって、いった。

「ああ、すぐ退院だよ」

と、雄介も、言葉を、合わせる。

「その間、店のほうを頼むわ」

と、母が、いった。

雄介が物心つく頃から、母は三軒茶屋《さんげんぢゃや》で、自分の名前を付けた「みゆき」という飲み屋をやって来た。

「俺にできるかどうか分からないけど、やってみるよ」

と、雄介が、いうと、

「さっちゃんに、電話をして、店を切り盛りしてくれるように、いっておくから、あ

んたも手伝ってあげてね」

と、母がいった。

さっちゃんというのは、よく店を手伝ってくれる三十代の独身の女性である。同じ三軒茶屋に住んでいて、昼間は、実家の喫茶店を、手伝っている。

その日は、雄介も、病院に泊まって、次の日、三軒茶屋の家に帰った。

夕方になると、さっちゃんが来てくれて、何とか、「みゆき」は、店を開けることができた。

さっちゃんのおかげで、母がいなくても、いつものように、店は、常連客が、やって来て、夜中近くまで賑《にぎ》やかだった。雄介自身は、何をすることもできないので、さっちゃんに、いわれるままに、料理を運んだり、お酒に燗《かん》をつけたり、洗い物をしたりして手伝った。

母は、現在五十歳である。子供の雄介から見ても、美人で、いわゆる、男好きのする顔というのだろう。

毎日のように顔を出す、なじみの常連客が多くて、店を開けると、常連客たちが、どっと押しかけてきた。母が入院したのを知って、心配して顔を出したのである。

「どうなんだ？」

と、きかれたので、雄介は、

「母は、ちょっと、働きすぎで、疲れたらしいんですよ。それで、病院に四、五日入院して、体をゆっくり休めなさいと、お医者さんに、いわれました。何日か休んでから、また店に出てくると思います。ご心配をかけてすいません」

とだけ、いった。

「ママには、一日も早く、帰ってきてもらわないと困るよ」

という老人の客もいれば、

「美由紀ちゃんがいないと、寂しくてたまらないよ」

という人もいた。

雄介は、今までに、店を手伝ったことがほとんどない。だから、次の日も、さっちゃんの指示に、したがって、カウンターの中でウロウロしていることしかできなかった。それでも、何とか、看板まで店を開けることができた。

2

翌日、病院に行くと、昨日は、二人部屋だったのに、個室になっている。そのことが、雄介を暗い気分にさせた。

医者に会うと、案の定、

「細かく調べた結果、残念ながら、やはり、血液のガンでした」

と、いわれた。母にそのことを告げる勇気はなかった。

「ダメです。僕には、母に、ガンだなんていえません」

と、雄介が、いうと、医者は、

「分かりました。しかし、二日間にわたって、検査をしたので、お母さんは、ご自分が、ガンであることに、薄々感づいておられるようですよ」

と、いった。

医者のいう通りだろうと、雄介が、思ったのは、母は、いつも元気がよくて、二十八歳にもなって、決まった仕事のない雄介を叱《しか》りつけるように、話すのだが、入院してからは、雄介に対して、妙に、優しくなっていたからである。

その後、毎日見舞いに行くうちに、その優しさが、どんどん、強くなる一方で、体は衰弱していった。

雄介が、

「何か欲しいものはない？」

と、きいたのは、入院五日目である。

母は、ベッドに寝たまま、

「旅行がしたい」

と、いった。

「そうだね、病気が治ったら、一緒に旅行に行こう。どこに、行きたい？」

雄介が、きくと、母は、少し考えてから、

「南紀《なんき》白浜《しらはま》の温泉」

と、いった。

雄介が、エッという顔になったのは、南紀白浜の温泉という言葉を、母の口から、聞いたのが、今回、初めてだったからである。それまで、雄介は、そんな言葉を聞いたことはない。

母は、大阪に生まれている。地元の高校を卒業してから、すぐ東京に出て働き、二十一歳で結婚。翌年、雄介を産んだ後、父と離婚をした。

母の過去について知っているのは、それぐらいである。

南紀白浜は、たしかに、大阪に近いが、高校を卒業してすぐ上京してしまった母が、どうして、南紀白浜に、旅行したいといい出したのか、雄介には、分からなかったが、

それでも、

「南紀白浜か、いいねえ。俺も、温泉が大好きだから、病気が治って、元気になったら、一緒に行こう」

と、いった。

母が、ニッコリする。

「でも、どうして、南紀白浜なの？　何か、楽しい思い出でもあるの？」

雄介が、きいた。

母は、笑っていたが、答えはなかった。

（たぶん、南紀白浜には、母にとっての楽しい思い出があるのだろう）

雄介は、そう考え、それ以上、深くは聞かなかった。

しかし、聞いておけばよかったと悔やんだのは、それから二日目の、六月五日に、突然、母が、死んでしまったからである。

3

死んでしまったといういい方は、正確ではないかもしれない。六月五日の夜、病院に忍び込んだ人間が、個室に入っていた母を殺したからである。

次の日の六月六日、朝早く、雄介は、病院からの電話で起こされ、

「すぐ来てください」

と、いわれた。

(ひょっとして、母の病状が、悪化したのだろうか?)

そう思って、慌てて、病院に駆けつけると、母の病室の前には、医者のほかに、何人かの刑事がいた。

もちろん、その瞬間には、刑事と分からなかったが、いかにも屈強そうな男が、二、三人、母が入っている個室の前にいるのは、なぜだろうかと思った。

医者に促されて病室に入っていくと、母の顔に、白い布が、かぶせられていた。

「まさか、母は、死んだんじゃないでしょうね?」

と、雄介が、いった。

(危篤《きとく》かもしれない)

とは、考えたが、死んだとは、全く考えていなかったからである。

医者が、白い布を取ると、そこには、いつもの母とは、全く違った顔があった。

いつもの母は、美しかった。しかし、そこにあった顔は醜かった。いや、苦痛に満

ちた顔のまま、母は、死んでしまったのである。

「申し訳ありません」

と、医者が、いった。

「何があったんですか？」

「まさか、入院患者が殺されるなんて、全く考えていなかったのです。病院の責任です」

と、医者が、いう。

最初は、医者のいっていることが、理解できなかった。何をいっているのか分からなかったのだ。

「僕には、よく分からないのですが、つまり、何なんですか？」

「何者かが、病院に忍び込んできて、お母さんの病室に侵入して、首を絞めたんです。お母さんは、殺されたんです。それで、警察も来ています」

と、医者が、いった。

さっき、病室の前にいた屈強な男たちが、雄介を、一階の休憩室に、連れていった。

四十年配の刑事が、警察手帳を、雄介に見せた。

そこには、警視庁捜査一課、亀井《かめい》という名前があった。

「こんな時に申し訳ないのですが、あなたのお母さんを殺した犯人を、見つけたい。それで、あなたに、協力していただきたいのですよ」

と、亀井が、丁寧な口調で、いった。

それでもまだ、雄介には、事態が、よく呑《の》み込めなかった。全《すべ》てが、現実のものとは、思えないのだ。

今年で、五十歳の母は、たしかに、年齢のわりには若く見える。色気もあるほうだろう。しかし、入院してからは、それまで元気だった母が、別人のように弱っていくのを目《ま》の当たりにしていた。

そんな母を、いったい、誰が、殺したのだろうか?

「僕には、全く分かりません」

と、雄介が、いった。

「何が分からないのですか?」

亀井という刑事が、きく。

「母が殺されたということが、理解できないんですよ」

「しかし、犯人は、わざわざ、病院に侵入して、あの個室に入り、あなたのお母さんの首を絞めて殺したんです。物盗《ものと》りの犯行でも、偶然の犯行でもありません。犯人は、初めから、あなたのお母さんが、この病院に入院しているのを知っていて、犯行に及んでいるのです。それで、息子さんのあなたに、お聞きするのですが、心当たりは、全くありませんか？」

「母は、血液のガンで、倒れてしまい、入院していたんです。そんな母を、いったい誰が、殺すんですか？」

「それを、これから調べたいのですが、お母さんの伊藤美由紀さんは、三軒茶屋で『みゆき』という名前の飲み屋を、やっていた。これは、間違いありませんか？」

亀井刑事が、きいた。

しつこい、念を押すような聞き方をする。これが、尋問というものだろうかと、雄介は、思いながら、

「ええ、そうです。もう二十五、六年やっていました」

「人気のある店だったそうですね？」

「ええ、常連客がたくさんついていたので、繁盛《はんじょう》していました」

「お母さんは、今年で五十歳ですね？　お母さん目当てに、店に飲みに来るお客さんも多かったと聞いたのですが、これも、本当ですか？」

「僕は、店の仕事には、タッチしていなかったので、よく分かりませんが、そういう、

ウワサを、聞いたことはあります」

「それでは、お母さんのことで、お客同士でケンカをしたとか、何かトラブルになったというようなことを、聞いたことはありませんか？」

「僕の知っている限りでは、一度も、ありませんよ。たしかに、母は、人気者だったようですが、店に来るお客さんは、皆さんいい人ばかりで、ケンカとか、騒動なんか起きたことは、一度もないと、聞いています。それにですね」

　と、雄介は、怒ったような口調で、いった。

「それに、何ですか？」

「母は、突然、体調を崩して、入院していたんです。店に出ていた時なら、お客さん同士がトラブルになって、ケンカすることもあったかもしれませんが、倒れて、入院したんですよ。病院からお聞きになったかもしれませんが、血液のガンです。母は、長くて一年、短ければ半年の命だと、いわれました。入院してから後、母が、急速に、衰弱していくのが分かりました。そんな母を、いったい、誰が殺すんでしょうか？もうすぐ死んでいく人間を殺したって、意味がないじゃ、ありませんか？」

　と、雄介が、いった。

「お母さんのガンのことは、担当の先生に聞きました。長くて一年、短ければ半年ということも、聞きました。たしかに、あなたのいう通り、ガンで入院していたお母さんを、いったい、誰が、何のために殺したのか？　刑事の私にも、分かりません。不思議で、仕方がありませんが、現実に殺されてしまったのです。しかも、犯人は、夜、わざわざ、この病院に侵入してきて、ベッドに、寝ていたお母さんの首を絞めて、殺しているのです。そこにあるのは、はっきりとした、殺意です。当然、殺さなくてはならない動機が、あるはずです。私たちとしては、その動機を、知りたい。それが分からなければ、捜査が、進みませんからね。失礼ですが、お母さんの、貯金は？」

亀井刑事が、きいた。

「僕は、母が、いくら、貯金していたかは知りません。しかし、賑わっていたといっても、小さい店ですから、そんなに、儲《もう》かるはずがないのです。百万あれば、いいほうじゃないでしょうか」

と、雄介が、いった。

「もしそうなら、犯人が、お金目当てで、お母さんを殺したのではないことは、明らかです。ほかに、お母さんは、土地を、持っていますか？」

「土地なんて、持っていませんよ。あの店だって、借家です」

と、雄介が、いった。

「お母さんは、ご主人、つまり、あなたのお父さんと別れてから、ずっと独身でしたね？　いつ頃、離婚されたんですか？」

もう一人の刑事が、きいた。

こちらは、二十代と思われる若い刑事である。

「僕が生まれてすぐ、離婚したと、聞いています」

「それで、離婚した、あなたのお父さんですが、その人は、今、どこで、何をしているか、ご存じですか？」

「病気で、亡《な》くなったそうです。それ以外は、何も知りません。父の写真も、一度も、見たことがないのです」

と、雄介が、いった。

これは、本当だった。

「あなたが生まれてすぐに離婚したとすると、三十年近く、お母さんは、一人だったわけですね？」

「そうですが、それが何か、母が殺された理由と関係しているんですか？」

「いや、今の段階では、どんな小さなことでも、いろいろなことを、調べたいのですよ。お母さんの関係者全員に、当たってみたいと考えています」

「全員なら、僕も当然、容疑者の中に入るんじゃありませんか?」

雄介が、きくと、若い刑事は、笑って、

「あなたが殺したんですか?」

と、きく。

「僕は、殺したりなんかしませんよ。二十八歳の今日まで、一人で、僕を育ててくれた母ですからね。殺す理由なんてないでしょう。たしかに、ずっと、親不孝を続けていますが、それでも、母は、僕にとって、世の中でいちばん大事な人なんです」

「念のためにお聞きするのですが、昨日の夜、あなたは、どこにいたのか、教えてもらえませんか?」

「僕のアリバイですか?」

と、雄介は、苦笑してから、

「店の近くのアパートに、母と一緒に住んでいるんですが、そこで、夜中近くまで、テレビを見てました。その後、眠りました。そうしたら、朝早く、病院からの電話で、叩《たた》き起こされたんです」

「お母さんは、たしか、大阪の、生まれでしたね?」

「そうですが、母の両親は、すでに亡くなっていますから、母が、大阪のことを話したこともないし、大阪に、帰ったこともありませんよ」

雄介は、いった。

「お母さんから見ると、大阪の両親の家は、実家に、当たるわけですが、亡くなっているとすると、今、向こうの親戚《しんせき》などとは、ほとんど、つき合いがないわけですね？」

「ほとんどというより、全く、ありません。向こうの親戚を、母が、僕に紹介したことは一度も、ありませんから」

と、雄介が、いった。

4

刑事たちは、雄介が、母や、母と別れた父について、何も知らないことに、呆《あき》れたような顔をして、帰っていった。

たしかに、雄介は、自分が生まれてすぐ、母と離婚した父のことを、何も、知らなかったが、それは、母が、父のことを、何もしゃべらなかったからである。

殺人事件なので、母の遺体は、すぐに、司法解剖に回された。当然、葬式は、その後になってしまう。

母の遺体が、司法解剖から戻ってくると、三軒茶屋の商店街の面々が、葬儀をやってくれることになった。雄介は、できれば、自分の手で、ひっそりと、やりたかったのだが、店に来ていた常連客たちが、自分たちがやるといって、聞かなかったのである。

おかげで、かなり盛大な、葬儀になった。

母は、銀行に、百二十万円ほどの預金しか、持っていなかった。それでも、立派な葬式が出せたのは、常連客たちのお陰だと、いってもよかった。

葬式には、病院で会った刑事たちも参列していた。そして、密《ひそ》かに、写真を撮りまくっていたのを、雄介は、見ていた。

母を殺した犯人が、弔問客に紛れて、姿を現すかもしれないと、警察は、思ったのだろう。

葬儀のあとのお清めで、さっちゃんが、できれば、自分の手で、今まで通りに、店を続けたいというので、それは、さっちゃんに、任せることにした。

5

世田谷警察署に、捜査本部が置かれた。捜査に当たるのは、警視庁捜査一課の、十《と》津川《つがわ》班である。

司法解剖の結果、死亡推定時刻は、六月五日の夜十時から十一時の間と判明した。犯人は、病室に忍び込み、ベッドに寝ていた被害者、伊藤美由紀に、覆《おお》いかぶさるようにして、のどくびを絞めたものと推定された。

刑事たちは、美由紀が店を出していた三軒茶屋の周辺で、聞き込みをやった。しかし、その結果は、あまり芳《かんば》しいものではなかった。

亀井刑事は、十津川に向かって、こんな感想を口にした。

「調べれば調べるほど、不思議な事件ですよ。三軒茶屋で、飲み屋をやっていた被害者の伊藤美由紀ですが、彼女は、今年で五十歳です。しかし、年齢よりも若く見え、その上、美人なので、人気があったようです。常連客が多かったことが、それを証明していますが、被害者を憎んでいた人間は、一人も、見つかりませんでした。病院に入院する前に、店で殺されたというのなら、何とか動機が、見つかりそうな気がするのですが、入院していた時に、病室で、殺されたわけでしょう？ どうして、入院中に殺害されたのか、それが全く分からないのですよ。殺した動機も見つかりません」

「しかし、人気があった店なんだろう？ 彼女のことが目当てで、飲みに通っていた常連客もいたんじゃないのか？」

十津川が、きいた。

「そういう常連客は、たしかに、何人もいたようです」

「それなら、動機は、考えられるんじゃないのか？ 入院したので、これからは、自分一人で、彼女のことを、独占できる。そう考えて病院に忍び込んだが、被害者に、拒否されたので、カッとして首を絞めた。そういう可能性だって、あるんじゃないのかね？」

「店を手伝っていた、結城《ゆうき》幸子《さちこ》、みんなから、さっちゃんと呼ばれている女性がいるのですが、そのさっちゃんが、常連客たちに、ガンのことを話したので、あっという間に、広まってしまいました。血液のガンで、不治の病に近い。今のところ、抗ガン剤で治すより仕方がないが、助かる見込みは、ほとんどないというような話は、みんな知っていました。死が宣告されたような被害者を、わざわざ、殺す人間がいるとは思えません」

と、亀井が、いった。

「そのさっちゃんが、犯人ということは考えられないかね？　これから、彼女が、被害者のやっていた店を続けていくということを聞いたのだが」

「ええ、そうです。私も、さっちゃんという存在が気になっていましたが、調べてみると、彼女にも被害者を殺す動機が見つからないのです。問題の店ですが、賑わっていましたが、利益は、そう多くはなかったようですね。被害者が人がよくて、客と一緒になって、騒いでしまうような、楽しい店だったらしくて、そんな店を、これから引き継いで、やっていっても、さっちゃんにも、そんなに、利益はないだろうと、常連客は皆いっていました。自分が店を引き継ぐというのは、被害者とは、姉妹のような仲の良さだったからで、被害者が死んですぐ店を閉めるというのも、自分には耐えられない。だから、力の続く限り、店をやっていきたい。彼女は、そういっていました。今のところ、犯人とは、考えられません」

「そうすると、容疑者は見当らないということか？」

「ここまでで、いちばん怪しいのは、被害者の一人息子、雄介ですね。大学を中退して、現在二十八歳ですが、一度もちゃんとした仕事には就いていません。自分では、小説を書いているといっていますが、本になったことは、一度もありません」

「ということは、母に、頼っていたというわけか？」

「そうですね。ほとんど収入のない人間ですから、今までずっと、母親に、頼ってきたわけですよ。いわゆるパラサイトとでもいうんですかね。そういう感じの生活だったと、思いますよ」

と、亀井が、いった。

「しかし、そんな男が母親を、殺すだろうか？」

「問題は、そこなんです。ふつう、長ければ一年、短ければ半年と、死を宣告されたような女性を、殺すことは、まず考えられません。しかし、息子の雄介だけは別です。今もいったように、二十八歳にもなって、母親のすねを、かじっていたような男ですよ。その母親が入院して、もう長くは生きられないことが分かった。母親が死んでしまえば、あの男は、食べていくのにも困ってしまうんじゃないですかね？　それに、身内ですから、銀行に、百二十万円の預金があることは、知っていたと、思います。死んでしまったら頼れない。生命保険には、入っていませんでしたし、入院費用もかかる。そこで、殺してしまって、その百二十万を、手に入れようと思ったんじゃないですかね？　そう考えると、あの一人息子には、動機があるのです」

亀井が、いった。

「伊藤雄介という一人息子は、どんな人間なんだ？」

「高校を卒業すると、一浪して、大学に入ったのですが、二年生の時に、中退してしまいました。辞めた理由は分かりませんが。その後は、今までずっと、母親に食べさせてもらっていたようです。自分では、作家といっていますが、売れないどころか、作家で、稼いだことはないようです。母親の入院費用が嵩《かさ》んで、預金がなくなってしまえば、食うに困ってしまう。ですから、今もいったように、百二十万円の預金に手を付ける前に殺したのではないでしょうか？　その動機なら、十分納得できるものがありますから」

と、亀井が、いった。

「ところで、被害者伊藤美由紀の葬儀は、かなり、盛大だったね」

「そうですね。被害者は、三軒茶屋で飲み屋をやっていて、人気が、ありましたから、常連客たちが協力して、みんなで、盛大にやったようです」

「その時、伊藤雄介も、お金を出したんじゃないのか？」

「百二十万円の、預金では足りなくて、不足分は、常連客たちが、出したと聞いています。香典も、多くは残ってないでしょう」

「息子の伊藤雄介が、百二十万円の預金目当てに、殺したのではないかと、カメさんはいっているが、その百二十万円を、母親の葬儀に使ってしまったのだろう？　そうだとしたら、伊藤雄介にとって、何にも、ならないじゃないか？」

「たしかに、警部のおっしゃる通りですが、百二十万円が欲しくて、母親を、衝動的に殺してしまったが、自分に疑いがかかってしまう。そこで仕方なく、手に入れた百二十万円を使うことになった。私は、そんなふうにも考えられると思うのですよ」

亀井は、自説を曲げなかった。

「今日も、問題の店は、やっているんじゃないのかね？」

「やっているはずです」

「それじゃあ、カメさん、ちょっと、飲みに行こうじゃないか？」

と、十津川が、誘った。

6

三軒茶屋商店街の端のほうに、「みゆき」という暖簾《のれん》のかかった店があった。

十津川と亀井は、八時過ぎに、その店を訪ねていった。

店は、客で、一杯だった。カラオケのセットもあって、常連客らしい六十歳くらいの男が、死んだ伊藤美由紀が、好きだったという歌を唄《うた》っている。

さっちゃんと呼ばれている女性は、カウンターの中で、一人、獅子奮迅《ししふんじん》の、働きをしている。本来なら、そばに、伊藤美由紀がいるのだろうが、今は、さっちゃん以外には、誰もいない。

そのうちに、常連客らしい男二人が、カウンターの中に、入っていって、さっちゃんの手助けを、始めた。

「ママがいなくなっちゃって、本当に寂しいよ」

常連客の一人が、大きな声で、いう。

「ママは、本当に人気があったからな。俺、ホントのことをいうと、ママに、惚《ほ》れていたんだよ」

と、涙声でいう常連客もいた。

それを受けて、さっちゃんが、

「私がママで、ごめんなさいね」

と、笑う。

「いや、さっちゃんだって、可愛《かわい》いよ」

「あら、可愛いって、私、今年でもう、三十五ですよ。三十過ぎの女に向かって、可愛いっていうのは、ブスだといっているのと同じじゃないですか」

と、さっちゃんが、また笑う。

たぶん、伊藤美由紀が、生きていた時にも、こんなふうなやり取りが、飛び交って、賑やかな店だったのだろう。

しかし、時間が経《た》つにつれて、常連客も、一人二人と帰っていった。

十一時頃になると、最後の客も帰ってしまい、店の中は、さっちゃんと、十津川、亀井の三人だけになった。やはり、いくら賑やかであっても、ママの姿が、見えないと、本当の賑やかさでは、ないのかもしれない。

「お二人、刑事さんでしょう?」

と、さっちゃんが、いった。

葬儀には、十津川も亀井も参列していたから、それで、覚えていたらしい。

十津川が、黙ってうなずくと、

「犯人は、まだ捕まらないんですか?」

さっちゃんが、きく。

「殺人の動機が分からなくて、困っているんですよ」

十津川が、正直に、いった。

「亡くなったママさん、伊藤美由紀さんは、人に、恨まれるような女性ではなかったし、何かトラブルに、巻き込まれていたこともありませんでした。そうしたことが分かってくると、逆に、容疑者が、どんどん、減っていくんです。あなたから見て、伊藤美由紀さんというのは、どんな女性でしたか？」

十津川が、きいた。

「うーん」

と、さっちゃんは、唸《うな》ってから、

「明るくて、優しい人でした。誰からも好かれていましたよ。私だって、ママさんのことが、本当に好きだったんです。ママさんと一緒に、この店を、やっていると、本当に、楽しいんです」

「伊藤美由紀さんは、お酒は、飲むほうだったのですか？」

亀井が、きいた。

「ええ、お酒は好きだし、強かったですよ。だけど、あまり、量は飲まないようには、していましたよ。お客さんと一緒になって飲むことは、多かったですけど、酔っ払っちゃったら、仕事になりませんもの。その辺の気配りもしっかりしていたんです。だから、お客さん同士のトラブルも、なかったし」

と、さっちゃんが、いう。

「さっきまで、ここで飲んでいた人たちは、ほとんどが、常連のお客さんでしょう?」

「ええ」

「あなたは、この店を、何年、手伝っているんですか?」

「そうですね、十五、六年になります」

「その間、変な客は、来ませんでしたか?」

「変な客って?」

「例えば、ヤクザとか、ママさんに惚れていて、何とか、モノにしようと、そのためにだけ来ていた、ストーカーみたいな人とか、あるいは、酒癖の良くない乱暴な、酔っ払いとか、そういう人ですが」

「ここは、何といっても、飲み屋ですからね。酔っ払ってケンカになりかけたこともありましたよ。でも、そういう時でも、ママさんの扱いがいいから、恨まれたりはしないんです。本当に、気配りがいいと、思いましたよ。よく、ママさんを目当てに、客同士がケンカしたり、ママさんを、口説いてもモノにならないので、カッとなって刺してしまったとか、そういう話を聞くんだけど、ここでは、そんなことは、一度もありませんでしたね。それも、ママさんの気配りが良かったからじゃないですかね?」

と、さっちゃんが、いった。

「息子さんの伊藤雄介さんですが、あの人が、この店を、手伝うようなこともあったんですか？」

十津川が、きく。

「ほとんど、ありませんでしたね。第一、飲んでいるお客さんが騒いでいる時に、おれが、入っていっても、かえって、お客さんの迷惑になるからといって、雄介さんは、店には、出てきませんでしたよ。それでは申し訳ないと思ったのか、何か、重いものを運ぶ時なんかには、店に来て、ママさんを手伝ったりしていましたけど」

「二十八歳の現在も、雄介さんは無職ですよね？」

「いえ、自分では、小説を書いていると、いっています」

「でも、その小説は、一冊も本になってない。大学を二年生で、中退した後、ほとんど、これといった職業には、就いたことがないんじゃありませんか？」

「詳しいことは、知りません」

さっちゃんは、ひらりと、身をかわした。

「亡くなった、伊藤美由紀さんは、この店を切り盛りして稼いでいた。息子は、その母親に、食べさせてもらっていた。それが、正確なところじゃないんですか？」

亀井が、しつこく、きく。

今度は、さっちゃんが、苦笑した。

「たしかに、常連のお客さんの中には、そういうふうに、おっしゃる人もいらっしゃいますけど、ママさんや、雄介さんの個人的なことですから」

「もしかすると、ママさんは、息子の、伊藤雄介さんのことを、持て余していたんじゃありませんか？　二十八にもなって、仕事らしい仕事をやっていないんだから、母親としては困りますよね？　あなたに、息子さんのことで、愚痴をこぼしたことはありませんか？」

「そういう話を、ママさんから、聞いたことはありません」

「それじゃあ、息子さんについて、なにかいっていましたか？」

今度は、十津川が、きいた。

「今は、ダメだけど、そのうちに、作家として有名になるに、違いない。その時には、私のことを、書いてくれるそうで、それを、楽しみにしている。ママさんは、そんなことを、いっていました」

「しかし、二十八歳の今まで、作家として本が出たことなんて、ない。彼が書いた小説を、読んだことがありますか？」

亀井が、意地悪く、きいた。

また、さっちゃんが、笑う。

「たしかに、雄介さんが書いたという小説は、一度も読んだことが、ありませんね。早く、売れるような本を書いてくれれば、嬉《うれ》しいと思っているんです」

と、さっちゃんが、いった。

「今日は、彼は、どこにいるんですか？」

「この近くの、アパートだと思いますよ。そこが、ママさんと雄介さんの、住まいですから」

「あなたが手伝う前に、ママさんが、何か問題を、起こしたことを、本人やお客さんから、聞いていませんか？　二十五、六年もここで店をやっていたんだから、何か問題の一つや二つ、あったと思うのですがね。例えば、タクシーやトラックの運転手に、酒を飲ませて、その運転手が、事故を起こしたようなことはなかったですか？」

「それは、ないと思います。ママさんは、そういうところは、ちゃんとしていましたから、車を運転する人が来ても、絶対に、飲ませなかったんです。それで、飲ませろ、飲ませないで、怒ったトラックの運転手さんと、口ゲンカになったことは、ありましたけど、後でちゃんと、仲直りしていたから、その運転手さんが、店の中で暴れたようなことも、ありませんでした」

と、さっちゃんが、いった。

「伊藤美由紀さんは、大阪の生まれで、ご両親は、すでに亡くなっている。高校を卒業した後で上京し、東京で、二十一歳の時に結婚し、翌年雄介さんが生まれてすぐ、離婚しています。その後、今まで、二十五年間ぐらい、この店をやって来た。そういう女性ですが、あなたに、昔の話をすることは、ありませんでしたか？　離婚した話とか、大阪の、両親の話とか」

「そういえば、ママさんから、昔話を聞いたことは、一回も、ありませんでしたね」

「あなたと、美由紀さんとは、十五年以上の、つき合いなんでしょう？」

「ええ」

「そんなあなたに、昔の話を一度もしたことがないんですか？」

「今、思い出そうとしているんだけど、聞いたことが、ないんですよ」

「普通ならば、こうした店をやっていて、女同士なんだから、昔話を、いろいろとするんじゃないんですかね？　苦労した話とか、別れた、ご主人の話とか、亡くなった、ご両親の話とか、そういう話を、聞いたことは、本当に一度も、ないんですか？」

「ええ、ありませんね。さっきから思い出そうとしているんですけど、何も、出てこないんですよ。たぶん、ママさんは、昔話をするのが、嫌いだったんじゃないかと思いますよ。ママさんという人は、優しい人でしたけど、気が強いところも、あったから、昔の苦労した話など、誰にも、したくなかったんじゃないですかね。常連のお客さんにも、息子さんにもです」

さっちゃんは、それが結論みたいに、いった。

7

十津川と亀井は、この近くにあるアパートで、息子の伊藤雄介に、会うことにした。

五階建ての二階が、美由紀と雄介の、住まいである。

ベルを押すと、パジャマ姿の雄介が、顔を出した。

「深夜に、申し訳ありませんが、亡くなったお母さんのことで、また、お聞きしたいことが、出てきましてね」

と、十津川が、いった。

雄介は、面倒くさそうに、

「とにかく、中に、入ってください」

と、二人の刑事を、招じ入れた。

2DKの部屋である。玄関を入ったところが、すぐに居間になっていて、そこの椅子《い す》に、十津川たちは、腰を下ろした。

雄介が、慣れた手つきで、コーヒーを淹《い》れてくれた。おそらく、いつも、仕事がなく、時間を持て余している雄介は、自分でコーヒーを淹れて、飲んでいるのだろう。

「犯人の目星は、まだ、ついていないのですか？」

雄介は、ちょっと睨《にら》むような目で、二人の刑事を、見つめた。

「残念ながら、まだ、判《わか》りません」

「どうして、判らないんですか？　犯人は、わざわざ、病院に忍び込んで、母を殺したんですよ」

「今、捜査中ですが、どうも、不思議なんですよ。お母さんのことを、いくら調べても、人に恨まれていたというような話は、全く聞こえてこないんですよ。店の常連客みんな、あなたのお母さんが好きだったんです。ですから、殺人の動機がなかなか、見つからないんですよ。それで、困ってしまっています」

「でも、母は、間違いなく、誰かに、殺されたんですよ」

「ええ、そうなんですよ。それは、よく分かっています。それで、お母さんがやっていた店に、行ってきました。常連のお客さんで賑わっていましたね。しばらく、見ていたんですが、お母さんを、殺すような人間は、一人も見当たりませんでした。そこで、考えました。最近のお母さんには、人に恨まれるようなところは、何もなかった。そうなると、殺人の動機は、過去にあるんじゃないのかと思うんですよ。お母さんは、五十歳で亡くなられたんですが、三十代の頃、あるいは、四十代の頃に、何か、人から、恨まれるようなことが、あったのではないのか？　そんなふうに、思いましてね。若い頃のお母さんの話を聞きたいと思っているんですが、これもまた、不思議なんですが、誰も、お母さんの、若い頃の話を、知らないんですよ。お母さんから、聞いていないんです。店は今、結城幸子さんが、やっていますが、彼女も、お母さんと一緒に、十何年も店をやっていながら、お母さんの昔の話は、一度も、聞いたことがないといっているんです。考えてみると、おかしいじゃありませんか？　飲み屋のママさんと、それを手伝っていた結城さんは、女同士でしょう？　結城さんは、三十五歳で、お母さんは五十歳です。そんな二人なら、普通は、昔の思い出話や、苦労話をするんじゃありませんかね？　ところが、結城さんは、そんな話を聞いたことがないというんです。あなたのお母さんが、昔話をしなかったからだというんですが、どうして、あなたのお母さんは、昔の話を、結城さんにしなかったんでしょうか？　たぶん、結城さんだけにではなくて、他の常連のお客さんにもしなかったんだと、思いますが、どうしてですかね？」

十津川が、きいた。

「たぶん、昔話をすることが、母は、嫌いだったんですよ。ただ、それだけのことだと、思いますよ」

と、雄介が、いった。

「一人息子のあなたにも、昔の話は、しませんでしたか？　店を始めた時の苦労話とか、離婚した時の話とか、借金の話とか、そういう話を、お母さんは、全く、しなかったんですか？」

十津川が、きく。

「苦労話とかは、一度も聞いたことは、ありませんね。母は、そういう話をするのが、嫌いだったんだと、思いますよ。昔、どれだけ苦労をしたかなんて、そんなことは、思い出したくないし、むしろ、忘れたかったんじゃないかと、思いますね。だから、僕もさっちゃんも、聞いたことがないんですよ」

と、雄介が、いった。

「泥酔《でいすい》したお母さんを、見たことがありますか？」

亀井が、きいた。

「母は、お酒が好きだったし、強かったんですが、家では、ほとんど、飲みませんでしたね。だから、母が、家でお酒を飲んでいるところは、ほとんど、見たことがないんです。僕が、アルコールが駄目なんで、一人で飲んでも、楽しくないみたいなことを、母がいったことが、ありましたから」

「繰り返しますが、あなたが、生まれてすぐ、お母さんは、離婚しました。その後、あの飲み屋の店を始めて、二十五年以上も一人で、やって来たわけでしょう？　お母さんは、五十歳になった今も、きれいな人だったと、常連客の誰もが、いっています。お母さんは、ずっと一人でいたんですか？　その間、一人ぐらい、好きになった人が、いたんじゃありませんか？　そうだとしたら、子供のあなたは、それに、気がついたはずです。そういう事実があったのなら、ぜひ、話してもらえませんか？」

「そういうことは、一度も、無かったと思います。少なくとも、僕は知りません」

「三十年近く、女一人で、生きてきて、ああいう商売をやって来て、その間に、好きになった男性が、一人もいないというんですか？　それは、ちょっと、信じられませんね」

首を傾《かし》げて、十津川が、雄介を見た。

「そういわれても、僕が知る限り、そういう人は、いませんでした。会ったことがありません」

と、雄介が、いった。

「不思議ですね」

「そうですかね。僕には、不思議とは思えません。母は、働くことで、一生懸命だったから、好きな男を、作らなかった。それだけのことだと思います」

「つまり、子どものあなたが、いたからということですか?」

「それは、僕には、分かりません」

「お母さんの遺品を見せて、いただけませんか?」

と、十津川が、いった。

「構いませんよ。隣の部屋に、母の遺品と呼べるものは、全部、集めてありますから、勝手に、見てください」

と、雄介が、いった。

たしかに、隣の部屋の一角に、さまざまな、女性のものが、積まれてあった。洋服とか、靴とか、宝石類などである。

「ここで調べたら、お邪魔になると思うので、捜査本部に持っていって、そこで、調べても構いませんか？」

十津川は、雄介の承諾を受けて、すぐに電話で、若い刑事たちに、取りに来させた。

若い刑事たちがやって来て、遺品を、捜査本部に運ぶため、車に積んでいった。

捜査本部に戻った十津川は、それを、見ながら、

「これを見て、普通だと、思ったほうが、いいのか、それとも、意外に、少ないなと思ったほうが、いいのかな？」

「私は、普通だと思います」

女性刑事の北条早苗《ほうじょうさなえ》が、いった。

「一人息子の、雄介さんですか、その息子さんを育てるのに、精一杯で、自分では、あまり贅沢《ぜいたく》をしなかったのではないかと、思っていたんですが、こうやって見てみると、ブランド物も、結構ありますね。ですから、子供のために、苦労ばかりしていたというわけでもないと思いますね」

たしかに、北条早苗がいう通り、バッグや靴などには、ブランド物が、多かった。

写真のアルバムは、息子の雄介と写っているものが殆《ほとん》どで、犯人の動機が分かるようなもの、あるいは、容疑者が浮かび上がってくるようなものは、見つからなかった。

十津川は、何となく、この事件は、長引きそうだと、思った。

第二章　さっちゃん

1

雄介は、警察が、自分を疑っていることは、知っていた。

母との長年の二人暮らしである。雄介は、二十八歳にもなって就職もせず、母の厄介になっていた。

冷静に考えてみれば、警察が、最初に、自分を容疑者としてマークしたとしても、不思議ではない。そんなふうに、自分でも、思っているのだが、雄介は雄介で、いったい誰が、何のために、母を殺したのか？　それが、不思議で仕方なかった。

母は、医者から血液のガンと診断されて、入院していた。雄介の目にも、母が、日に日に衰え、瘦《や》せていく様子が、はっきりと分かった。

医者は、早ければ半年、持っても一年の命だろうと、雄介に、宣告した。そんな母を、いったい誰が、何のために、殺さなければならなかったのだろうか？　今、わざわざ、母を殺さなくても、一年間黙って、みていれば、母は、この世の人ではなくなる可能性が、高かったのだ。

それを急いで、危険を冒して病院に忍び込んで、母を殺す必要が、あったのだろうか？

雄介には、どうしても、それが、分からないのである。

雄介は、さっちゃんから話を聞こうと思った。

息子である自分以外に、母のことを一番よく知っている人間は、さっちゃん以外には考えられなかった。

さっちゃんは、二十歳の頃から、週に何回か、ずっと「みゆき」を、手伝ってくれているのだ。

母は、さっちゃんに、何かトラブルがあったことを話していたかも知れない。

または、母とさっちゃんの二人に、雄介の知らない、何か秘密めいた問題が、あったのかも知れない。

そこで、雄介は、三軒茶屋駅の近くにある、さっちゃんの両親がやっている喫茶店に、出かけていった。

店の名前は「プチモンド」である。

十時まではモーニングサービスをやっているというので、雄介は、その時間に行って、朝飯に、トーストとコーヒー、目玉焼きのセットを頼んだ。

トーストとコーヒーを運んできたさっちゃんに、雄介は、

「さっちゃんに、ちょっと、聞きたいことがあるんだ」

雄介が改まって、さっちゃんと話をするのは、これが初めてだった。

(さっちゃんの本名は、たしか、結城幸子だったな)

そんなことを考えながら、雄介が、

「どう考えてみても、僕には、母が殺された理由が分からないんですよ」

と、いうと、さっちゃんも、うなずいて、

「雄介さんに分からないことは、私にだって、分かりませんよ。あんないい人を、犯人は、どうして病院にまで押しかけて行って殺したりしたんでしょう？　そんな神経、

私には、とても分かりません」

「正直にいうと、僕は、最近の母と、あまり話したことが、ないんですよ。たぶん、さっちゃんのほうが、母と話をした時間が、長いんじゃないかな。それで、さっちゃんに、聞くんですけど、母に、何か心配事があって、さっちゃんに、相談したりはしていませんでしたか？」

「ママは、いつだって、雄介さんのことを心配していましたよ。早く結婚して、孫の顔でも見せてくれたら、私も、安心できるんだけどって、そればかりを、おっしゃっていましたよ」

笑いながら、さっちゃんが、いう。

「そのことなら、僕自身、母からいわれたことがあるんです。ただ、最近は、諦《あきら》めてしまったのか、僕の結婚のことは、いわなくなりましたけどね」

と、雄介は、そういった後から、

「さっちゃんは、僕のこと以外に、母とは、どんな話をしていたんですか？」

「そうね」

と、さっちゃんは、一瞬考えてから、

「そういえば、ママは、自分自身の事は、殆《ほとん》ど話さなかったわね。付き合いは長かったけど、私からも、ママのプライベートを、わざわざ聞くことはなかったし。とにかく、ママはいつも明るくて、心配事があるようには、見えませんでしたよ」

「母は大阪で生まれて、地元の高校を卒業した後、上京したんだけど、大阪時代のことを、母が、話したことは、ありませんか？」

「大阪のことは、ほとんど、聞いたことはありません。たしか、ご両親は、早く死んでいて、大阪には、親戚《しんせき》もないから、もう帰ってもしょうがないの。そんな話は、聞いたことがありますけど」

と、さっちゃんが、いった。

雄介も、大阪時代の話を、母から、聞いたことは、ほとんどない。

「母は、高校を卒業して上京した後、二十一歳で、結婚したんだけど、僕が生まれてすぐに、離婚してしまったんです。その頃のことで、何か、母から、聞いたことは、ありませんか？　なぜ、離婚したのかとか、そんなことですが」

「いいえ、あまり聞いたことがないんですよ。何でも、結婚はしたけど、一年で、別れてしまったので、思い出がない。どんな人だったのか、今では、ほとんど、覚えていない。そんなことは、聞いていますけど」

と、さっちゃんが、いった。

「さっちゃんは、母と一緒に旅行したことがありますか？」

と、雄介が、きいた。

「二、三回は、ママと一緒に、旅行したことがありますよ。ほら、雄介さんが、修学旅行とかでいない時を、使って」

「その旅行は、どの辺に、行ったんですか？」

「ちょっと待ってね」

さっちゃんは、店の奥からアルバムを、持ってきた。

アルバムをめくっていくと、さっちゃんと母が一緒に、旅行先で撮った写真が、何枚も、貼《は》ってあった。

「これは、沖縄へ行った時ね」

と、さっちゃんが、説明する。

そこには、水着姿の、二十代のさっちゃんと、母が一緒に、写っていた。

おそらく、母も、沖縄の海が楽しかったのだろう。珍しく、髪に、大きな、ハイビスカスの花を挿し、にっこりと、笑っていた。

寝台特急「カシオペア」で、二人で北海道に行ったという、その時の写真もあった。

上野駅で、寝台特急「カシオペア」をバックに、母とさっちゃんが、お互いの写真を撮り合っている。ほかには「カシオペア」の車内の寝台で、撮っている写真もあった。

三番目は、九州の写真である。指宿《いぶすき》で、二人が、砂風呂《すなぶろ》に入っている写真があった。

この三つの旅行については、雄介も、覚えていたし、写真も見たことがある。

「これだけですか?」

雄介が、きいた。

「ええ、写真にあるこれだけ」

「南紀白浜に行ったことは、ありませんでしたか?」

「南紀って?」

オウム返しに、さっちゃんが、きき返す。

「南紀州ですよ。新大阪から出ている『くろしお』という特急が、和歌山を通って、白浜という温泉地まで行っているんです。他に便は少ないんですが、飛行機も飛んでいます。有名な温泉地だから、母と一緒に、さっちゃんも、行ったことがあるんじゃないかと思うんですが」

「いいえ、その、南紀白浜には、私は、一度も行ったことが、ありませんよ。行っていれば、必ず二人で写真を撮って、アルバムに貼っておいたはずです。そこに、写真がないということは、行ったことがないということですよ」

と、さっちゃんが、いった。

「母は、温泉が、好きでしたか？」

「ええ、お好きでしたよ。指宿に行った時も、この写真にあるように、砂風呂に入ったし、『カシオペア』で、北海道に行った時も、たしか、洞爺湖《とうやこ》温泉に、行きました。その写真もあるはず」

さっちゃんは、アルバムのページを、めくっていたが、洞爺湖のホテルの前や、ホテルの家族風呂に、入った時の写真を見つけて、

「ほら、ここにあるでしょう。これが、その時の写真」

「本当に、南紀白浜温泉に、行ったことは、ありませんか？」

と、雄介が、念を押した。

「ええ、ママと一緒に行ったのは、このアルバムに残っている写真のところだけ。沖縄と北海道と九州、この三カ所だけで、ほかには、行っていませんよ」

さっちゃんは、きっぱりした口調で、否定した。

2

雄介は、不思議だった。

母が入院していた時、母に、「病気が治ったら、一緒に旅行しよう。どこに行きたいか?」ときいたら、母は少し考えてから、「南紀白浜に行きたい」と、いったのである。

しかし、さっちゃんは、南紀白浜には、母と一緒に行ったことがないという。たしかに、さっちゃんが、見せてくれた、アルバムには、南紀白浜の写真は、見当たらなかった。

それに、写真で見る限り、沖縄でも、九州でも北海道でも、母は、楽しそうにしている。

それなら、どうして、雄介が、どこに行きたいかと聞いた時、「九州の指宿に行きたい」とか、「沖縄に行きたい」とか、「『カシオペア』に乗りたい」、あるいは、「北海道の洞爺湖温泉に、行きたい」と、いわなかったのだろうか?

3

雄介は、さっちゃんの両親にも、話を聞くことにした。

さっちゃんよりも、母と年齢が近いのは、さっちゃんの両親のほうである。だから、

（両親なら、さっちゃんの知らないことを、母は話しているのではないか？）

と、雄介は、思ったのである。

雄介は、コーヒーのおかわりを注文した後、カウンター越しに、さっちゃんの両親、結城明《あきら》と、澄子《すみこ》の夫婦に、母のことを、きいてみた。

「母がここに来て、結城さんや、澄子さんと話をしたことはありませんか？」

「そうですね、あなたが学校に行ってしまうと、昼間一人で家にいるのが、退屈だったんじゃないですかね？　ウチに来て、よく、おしゃべりをしてましたよ」

結城明が、いった。

「じゃあ、母は、よく、来ていたんですか？」

「ええ、よくお見えになっていましたよ」

今度は、結城澄子が、いう。

たしかに、雄介が学校に通うようになると、店の開店準備を始めるまで、母は一人で、退屈だったのかもしれない。

「今、さっちゃんに聞いたら、母は、さっちゃんと二人で、沖縄に、行ったり、北海道に、行ったりしているんだけど、結城さんご夫妻は、母と一緒に旅行したことはありましたか？」

と、雄介が、きいた。

「いや、私たちと一緒に、旅行したことはありませんね」

と、澄子が、いった。

「どうしてでしょうか？」

「あなたのお母さんは、私たちよりも、娘の幸子と気が合ったんじゃないですか？だから、二人で旅行したんじゃないですかね？」

「しかし、母は、この店に、よくやって来ては、お二人と、話をしたんでしょう？」

「ええ、そうですよ」

「その時、母は、いったい、どんな話をしたんでしょうか？」

雄介が、きくと、結城明は、笑って、

「たいした話じゃありませんよ。世間話とか、グチですよ」

と、いった。

それを補足するように、澄子も、

「この歳《とし》になると、誰かと、グチをいい合うのが、楽しくなるんですよ。グチをいうと、ストレスが発散しますしね。お母さんは、あなたのグチもよくいっていましたよ」

と、いった。

「僕のことで、どんなグチをいっていました？」

「雄介が、なかなか結婚してくれないとか、早く、孫の顔を見せてくれないかと思っているんだけど、ウチの息子は、結婚なんて、全然考えていないみたいでしょうがない。そんなグチが、多かったですよ」

「母は、ほかには、どんなことを、話していましたか？」

「あとは、お互いに、お店のこととかが、多かったかしらねえ」

「母は、大阪で生まれたんだけど、その頃の話はしませんでしたか？　二十一歳で結婚して、すぐに、離婚してしまったんですが、その辺りのことを話したことはありませんか？」

「いや、その辺りのことは、聞いたことがありませんね。多分、あまりいい思い出はないので、その頃のことは、話さないようにしていたんじゃないかしら」

と、澄子が、いう。

「母が、お二人に、南紀白浜の話をしたことはありませんか？　有名な、南紀州の白浜温泉のことですが」

雄介は、ポケットから、南紀白浜の写真を取り出して、結城夫妻に、見せた。

「これが、南紀白浜です。有名な温泉なんだけど、母が、この温泉のことを話したことはありませんか？」

「お母さんから、南紀白浜温泉のことを、聞いたことは、一度もありませんね」

と、結城が、いう。

「お二人は、南紀白浜に行かれたことがありますか？」

「ええ、ありますが、大昔ですよ。幸子が生まれる前、まだ私たちが、結婚する前に、一度だけ、二人で、南紀白浜に行ったことがありますが」

と、澄子が、いった。

「さっちゃんが生まれる前というと、ずいぶん昔ですね？」

「ええ、それはもう、昔も昔、何十年も、前の話ですよ」

と、いって、澄子が、笑った。

「母とは、まだ、知り合っていない頃ですね？」

「もちろん、そうです。結婚してから、この三軒茶屋に、引っ越してきたんですから、あなたのお母さんと、知り合ったのは、その後ですよ」

と、結城が、いった。

4

その日の夜、雄介は、まだ、さっちゃんに、聞き足りないような気がして、母がやっていた飲み屋「みゆき」に行ってみた。

午後九時頃に、顔を出したのだが、常連客の姿はあっても、なぜか、さっちゃんの姿は、なかった。

「さっちゃんは？」

と、雄介が、きくと、常連客の一人が、

「一時間くらい前に、さっちゃんは突然、用事ができたからといって、店を出ていったんだけど、まだ帰ってこないんだよ。それで、僕たちも、困っているんだ」

と、いった。

「何の用で、さっちゃんは、出ていったんですか？」

「そんなこと、分からないよ。急に、用事を思い出したからといって、出ていってしまったんだから。すぐ帰ってくると思ったのに、まだ帰ってこない。どうしたらいいんだい？」

常連客が、本当に困ったような顔で、いった。

常連客同士で、おでんを出したり、お酒の燗《かん》をしているのだが、カウンターの中に、さっちゃんがいないと、たしかに店が寂しい。

「急用ができたといって、出ていったのは、八時頃ですか？」

「ええ、そうなんだ。もう一時間もたつのに、さっちゃんが戻ってこないので、みんな困ってるんだよ。いったい、どうしたのかね、さっちゃんは？」

やたらに、さっちゃんという言葉が、店の中を飛び交っていた。

雄介は、携帯で、さっちゃんの両親に、電話をかけてみた。電話に出たのは、母親の澄子だった。

「さっちゃんは、そっちに行ってませんか？」

雄介が、きいた。

「いいえ、まだこちらには、帰っていませんよ。そちらの店を手伝うと、いつも、帰ってくるのは、午前〇時頃になりますからね。まだ、店にいるんじゃありませんか？」

と、澄子が、いう。

「それが、いないんですよ。店の常連の話では、八時頃、急用ができたからといって、店を、出ていったそうなんです。その後、今になっても、帰ってこないんで、みんな、心配しているんです。そちらに、さっちゃんから、電話か何か、ありませんでしたか？」

「いいえ、何もありませんけど。本当に、幸子は、いなくなってしまったんですか？」

「ええ。でも、店を、出ていってから、まだ一時間ぐらいしか、たっていませんからね。そのうち、ひょっこり、帰ってくると思っているんですが、そちらに、連絡があったら、電話をください」

雄介は、自分の携帯の番号を、澄子に教えた。

5

それから一時間たって、午後十時を過ぎても、さっちゃんは、依然として、店に戻ってこなかった。

その代わりのように、警視庁捜査一課の、刑事が二人、店にやって来た。西本《にしもと》と日下《くさか》という若手の、刑事である。

さっちゃんの両親が、警察に連絡したのだろう。

西本のほうが、雄介を見つけて、

「結城幸子さんは、いませんか？」

と、きく。

「それが、いないんですよ。お客さんも心配しているんです」

「いないって、今までは、店にいたんですか？」

もう一人の刑事が、きく。

その質問に対して、少しばかり、酔っぱらった、常連客の一人が、

「さっちゃんはね、午後八時頃に、用事があるといって、店を出て、どこかに、行っちゃったんだよ。刑事さん、さっちゃんを、探してくださいよ」

「午後八時頃、いったい、どこに行ったんですか？」

日下刑事が、雄介に、きいた。

「分かりません。僕も、彼女に用事があって、ここに来たんだけど、さっちゃんが、いなくなってるんで、困っているんです」

「結城幸子さんの両親が、この近くで、喫茶店をやっていましたね？」

「ええ、もしかしたら、そっちにいるんじゃないかと思って、さっき、電話をしてみたんですが、さっちゃんは、帰ってきていないといわれて。だから、目下のところ、さっちゃんは、行方不明です」

そのうちに、客が、二人の刑事に向かって、絡《から》み始めた。

「警察は、こんなところにいないで、さっさと、さっちゃんの行方を、探したらいいだろう。だいたい、おまわりが、ウロウロするんで、さっちゃんは、怖がって、どこかに、姿を隠してしまったのかもしれない。どうしてくれるんだ？」

そのうちに、客たちは、さっちゃんがいないことが、面白くないのか、一人二人と帰ってしまって、最後には、雄介と、二人の刑事だけに、なってしまった。

刑事の一人が、携帯で連絡をしたらしく、しばらくすると、捜査の指揮を執る十津川警部と、亀井刑事が、店にやって来た。

「本当に、結城幸子さんが、行方不明になってしまったんですか？」

十津川は、いきなり雄介に、きいた。

「常連客の話では、いつもの通り、さっちゃんは、店を開けて、午後八時頃までは、客の相手をしていたらしいんです。その後で、急用ができたので、ちょっと、出てくるといって、店を出ていき、まだ、戻らないんですよ」

「結城幸子さんは、いったい、どこに、行ったのですか？」

「僕にも、分かりません」

亀井刑事は、携帯で、さっちゃんの両親に電話をかけていたが、

「まだ、両親のところにも、帰っていないようです」

と、十津川に、報告した。

その両親も、こちらに、やって来た。

心当たりの、あるところに、連絡したが、どこにも顔を、出していなかったという。

狭い店の中が、刑事や、さっちゃんの両親などで、一杯になった。

十津川が、また、雄介に、きく。

「あなたは、午後九時頃、ここに来たといいましたね？　結城幸子さんに、どんな用があって、来たんですか？」

「母が、いったい、誰に、どうして殺されたのかが分からなくて、さっちゃんならば、この店で、母と一緒に、働いていましたから、何か知っているんじゃないかと思って、それを、聞きたくて、ここに、来たんですよ」

「そういうことなら、今日の午前、『プチモンド』に行って、いろいろと、幸子さん

やご両親に、きいていたんじゃありませんか？」

と、十津川が、きく。

雄介は、ちらりと、さっちゃんの両親に、目をやった。たぶん、両親が、警察に教えたのだろう。

「たしかに、喫茶店に行って、さっちゃんから、母のことをいろいろと聞きました。それでもまだ、聞き足りないような気がして、この店に、来たんです」

「あなたは、われわれに、事件のことで、何か、秘密にしていることが、あるんじゃありませんか？」

と、十津川が、きく。

やはり、警察は、自分を疑っていると、雄介は思いながら、

「そんなことはありません」

「しかし、あなたは、お母さんと一緒に住んでいたし、一人息子だから、いろいろと、話をしていても、おかしくはない。お母さんは、殺されてしまったが、今までも、危ない目にあったことがある。そんな話を、お母さんから聞いていたんじゃありませんか？」

「そんなことは、ありません。だから、僕は一生懸命になって調べているんです。母

が、どうして、誰に、殺されたのか、僕には、見当がつかないんです。息子の僕が、肝心なことが分からないんじゃ仕方がない。それで、今も、さっちゃんに、話を聞こうと思って、ここに、来たんですよ」

「あなたが知りたいのは、お母さんが、誰に、何のために、殺されたのか？　それだけですね？」

　亀井刑事が、きく。

「ええ、どうしても、それを、知りたいんですよ。息子としては、そのくらいのことは、知りたいですからね。分かっていたら、今ここで、教えてくれませんか？」

「正直にいいましょう。われわれも、分からなくて困っているのです。犯人像が、浮かんでこないし、犯行の動機も、分からないのですよ」

「警察は、息子の僕を、疑っていますよね？」

　雄介が、挑むような目で、刑事を睨《にら》むと、亀井が、笑って、

「それは、今回だけではなく、どんな殺人事件でも、同じです。被害者の周囲の人間を、まず疑う。それが、捜査の常道です。だから、あなたのことも、疑ったが、だからといって、あなたを、殺人犯だと考えているわけでは、ありませんよ。あなたを犯人と考えていたら、今頃、あなたを厳しく追及しています」

「じゃあ、僕のほかに、誰を疑っているんですか？　さっちゃんですか？」

「今、亀井刑事がいったように、殺人事件では、被害者の周辺の人間を、まず第一に、疑うのです。したがって、われわれは、あなたのことも、疑いましたし、結城幸子さんのことも、疑いました。何しろ、あなた以外に、被害者と、親しかったのは、結城幸子さんだからです。先日、彼女からも、話を聞きました。本当に、あなたにも、結城幸子さんが、どこにいるか分からないのですか？」

十津川が、きく。

「分かりませんよ。僕も、さっちゃんから、母のことを、いろいろと、聞きたいんです。しかし、警察とは違って、さっちゃんが、母を殺したなんて、思っていませんからね。その点、一緒にしないでください」

雄介の言葉に、十津川は苦笑しながら、結城夫妻に目をやって、

「幸子さんは、どうして、店を手伝うようになったんですか？」

と、きいた。

「最初は、亡《な》くなった美由紀さんが、ウチの喫茶店に来て、コーヒーを飲みながら、私たち夫婦と、おしゃべりを楽しんでいたんですよ。そのうち、娘が二十歳になった頃、暇を持て余していたんで、美由紀さんの店を、手伝うようになったんです。もと

もと娘は、人と話をするのが、好きでしたし、美由紀さんと気が合ったんだと思います」

「幸子さんのほうから、この店を手伝うようになった、ということですか？」

「ええ、そうです」

「被害者の、伊藤美由紀さんのほうから、店を手伝ってくれと、いったんじゃありませんか？」

「美由紀さんのほうから、幸子に、店を手伝ってほしいと、いったのかもしれませんけど、幸子は、そういうことは、話さないので、分かりません。でも、幸子は、亡くなった美由紀さんと、気が合ったんだと、思いますね。だから、喜んで、お手伝いしていましたよ。もう、十五年にもなりますから」

と、結城が、いった。

「幸子さんは、今年三十五歳で、独身ですね。好きな人とか、付き合っている人は、いないんですか？」

西本刑事が、きいた。

「そんなことも話さなくては、いけないんですか？」

と、澄子が、きく。

「できれば、話してくださ い。捜査の参考になるかもしれませんから」

と、十津川が、いった。

澄子は、夫の結城と、何か小声で話していたが、

「実は、幸子は、二年ほど前に、長いこと付き合っていた人と、別れたんですよ。どうして、別れたのか、その辺のことは、聞いていないので、よく分かりませんけど、しばらく、暗い顔をしていました。そんなことがあってからは、この店を毎日のように、手伝っています。こういう店で、働いていれば、気が、晴れますものね」

「幸子さんの携帯の番号は、分かりますか?」

と、雄介が、きいた。

母親の澄子が教えてくれた番号に、雄介は、自分の携帯から、電話してみた。

しかし、全く、通じなかった。

呼び出しているのに、相手が出ないというのではない。電話が、全く通じないのである。

「携帯、通じませんか?」

十津川が、雄介を見た。

「全く、通じません。電池が切れているのか、それとも、向こうの携帯が壊れてしま

っているのか、とにかく通じませんね」

午前一時を過ぎても、さっちゃんは、戻ってこなかった。

6

両親が引き揚げ、刑事たちも引き揚げて、店には、雄介一人だけになってしまった。

引き揚げる時、刑事の一人が、

「もし、結城幸子さんのことで、何か分かったら、すぐに、連絡して下さい」

と、いって、帰っていった。

カウンター席に座ってみると、客が残した酒が、徳利《とっくり》に、少しずつ残っていた。

雄介自身は、酒は、ほとんど口にしなかったが、何となく、神経が荒れていて、残りの酒を、徳利からコップに注いで、飲んだ。

長年飲み屋をやっていたというのに、雄介には、母と一緒に、酒を飲んだ記憶がない。雄介は、酒の飲めない体質だし、店にほとんど来なかったこともある。

(もし、母と一緒に、酒を飲む機会があったら、どうだっただろう?)

雄介は、考えてしまった。

今の雄介が、知りたいと思っていることを、母は、話していたかもしれない。

客が残していった酒を、何杯か飲んでいるうち、雄介は、カウンターに、伏せるようにして、いつの間にか、眠ってしまった。

7

母の夢を見た。

母が亡くなってから、母の夢を見るのは、これで、三回目である。いつも、夢の中の母は、輪郭が、ぼやけてしまっている。それだけ、雄介が、母のことを、知らないということなのだろうか？

雄介は、ものが、焼ける臭《にお》いで、目を覚ました。

店の入り口のほうから、煙が出ていた。

雄介は、慌《あわ》てて、消火器を探した。

しかし、なかなか見つからない。

雄介は、店に、ほとんど来たことがなかったので、消火器がどこにあるのか分からないのだ。

その間にも、入り口の煙は、どんどん濃くなっていく。やがて、小さな炎まで見えだした。

やっと消火器を見つけ、安全ピンを抜いて、煙に向かって、消火液を、発射した。

しかし、火は、なかなか、消えない。

消火器を一本、空にして、やっと、火が小さくなった。

火が消えた頃になって、今度は、消防車のサイレンの音が、聞こえてきた。

消防の先導車と、大きな消防車が一台、店の近くで、停まるのが分かった。

消防署員が一人、店に飛び込んできて、呆然《ぼうぜん》と突っ立っている雄介を見つけると、

「火事は、どこですか？」

と、大声で、きいた。

「燃えたのはウチですが、火は、もう消えました」

と、雄介が、いった。

何人かの消防署員が、ぞろぞろと、店の中に入ってきて、調べ始めた。

「ガソリンの臭いがするぞ」

と、一人が、大声で、いう。

「これは間違いなく、放火だな」

と、別の消防署員が、いった。

その後、雄介に向かって、

「あなたは、この店の人ですか？」

「店をやっていたのは、母です。僕は、息子です」

「じゃあ、一一九番したのは、あなたですか？」

「いや、僕じゃ、ありません。店のカウンターで、居眠りをしていたら、何か、ものが焦《こ》げる臭いに気がついたのです。慌てて、消火器で消したんです」

「それじゃあ、誰が、一一九番したんですか？」

咎《とが》めるように、消防署員が、雄介に、きく。

「僕には分かりません。とにかく、煙が出ていたので、慌てて、消火器で、消したんです。そこに、転がっているのが、さっき使った消火器ですよ」

「一一九番したのは、本当に、あんたじゃないんですか？」

相変わらず怒ったような口調で、消防署員が、きいた。

「僕じゃありません」

「じゃあ、誰が？」

「親切な人が、一一九番、してくれたんじゃないんですか？　僕は、火を消すことに夢中で、一一九番する時間はありませんでしたから」

「そうですか」

消防署員たちは、引き揚げていった。

店の入り口の格子戸《こうしど》は、焼けて、外側に、倒れてしまっている。

そのうちに、今度は、パトカーが一台やって来て、店の前に、停まった。パトカーから降りてきたのは、十津川警部と、部下の刑事が三人である。

十津川は、雄介を見つけると、

「いったい、誰が、火を、つけたんですか？　消防の話では、放火らしいということでしたが」

「分かりませんが、僕が、火をつけたわけじゃありませんよ」

「それでは、火事の詳しい話を聞かせてもらえませんか？」

と、刑事が、いう。

雄介は、カウンターの中に、入ってから、十津川に、向かって、

「皆さんが帰ってしまった後、僕は、カウンターで、眠ってしまったんですが、焦げくさい臭いで、目を覚ましたんです。入り口のほうで煙が上がっているんで、慌てて、消火器を探して、それで、何とか消し止めたんですよ。その後で、消防車が来て、ガ

ソリンの臭いがするから、これは、間違いなく放火だと、いっていましたけどね。消防車を呼んだのは、僕じゃありません」

「たしかに、ガソリンの臭いがする」

若い刑事が、いった。

「放火した犯人の姿は、見ていないんですね？」

と、十津川が、きく。

「今もいったように、僕は、眠り込んでしまっていましたからね。気がついた時には、すでに煙が出ていたんです。でも、早く気づいてよかったですよ」

「あなたは、今は、一人で、アパートに住んでいましたね？」

「ええ、そうです」

「どうして、アパートに帰って、寝なかったんですか？」

「あなたたちや、さっちゃんの両親と話したんで、疲れていたんだと思いますね。家に帰るのが、億劫《おっくう》になって、それに、少しですが、ここで、お酒も飲みました。それで、いつの間にか、カウンターで、眠ってしまったんです」

「ここの二階には、何が、置いてあるんですか？」

と、十津川が、きく。

「二階は、住居じゃありませんから、あるのは、ガラクタですよ。要らなくなった椅《い》子《す》とか、グラスとか、皿とか、そんなものばかりですよ」

「それじゃあ、二階に行って、拝見しても、構いませんね？」

十津川が、いい、若い刑事二人が、二階に、上がっていった。

「二階に行っても、何もありませんよ」

雄介が、いう。

「いいですか、何者かが、この店の入り口にガソリンを撒《ま》き、火を、つけたんです。犯人は、この店を、灰にしてしまいたかったんですよ。おそらく、ここには、犯人にとって、何か、都合の悪いものが、あったんじゃないか？　それを、探すよりも、火をつけて燃やしてしまったほうがてっとり早い。それで、犯人は、入り口に、ガソリンを撒き、火をつけた。ただ、犯人は、店の中に、あなたがいるのは知らなかったので、放火は、失敗に終わってしまった。そんなふうに、考えるんですがね。二階には、何か、犯人にとって、都合の悪いものが、あるんじゃないですかね？　あなたは、二階を、調べたことがありますか？」

「二階には、何も、ありませんよ。ガラクタばかりですよ」

と、雄介は、繰り返した。

一時間ばかりかかって、やっと、若い刑事たちが、二階から降りてきた。

「これはというものは、何も、ありません。壊れた椅子とか、お皿とか、そんなものばかりです」

と、刑事は、十津川に報告した。

それを受けて、十津川は、改めて、雄介に目を向けた。

「この店に、犯人にとって、何か都合の悪いものがあり、それを灰にするために、犯人が、火をつけたと、私は、考えたんですが、それが違うとなると、犯人は、逆に、あなたが、店の中にいることを、知っていて、あなたを殺すために、店の入り口に、ガソリンを撒き、火をつけた。そういうことに、なってきますよ」

十津川は、雄介を脅かした。

雄介は、小さく、首を横に、振った。

「いや、そんなことは、絶対にありませんよ。僕を殺したって、しょうがないじゃないですか？」

「しかし、犯人は、十中八九、あなたを、殺そうとして、火をつけたんですよ」

と、十津川が、繰り返した。

雄介は、十津川の言葉に反発した。

「僕を殺したって、意味がないじゃありませんか？　僕は、財産なんかありませんよ。大学も中退したし、母が貯金しておいてくれた百二十万円だって、葬式で使ってしまったし、この店だって、借りものなんです。こんな僕を殺したって、仕方がないでしょう」

「あなたは、亡くなった、伊藤美由紀さんの一人息子だ」

と、十津川が、いう。

「でも、僕は、母について、何も、知りませんよ」

「そうかもしれませんが、多分、犯人は、そう思っていないんですよ。犯人が、殺されたお母さんの、身近にいた人間であることは、間違いありません。犯人は、おそらく、こう考えるでしょう。自分のことを、美由紀さんが、息子の雄介さんに、話していただろう。何とかして、あなたの口を封じてしまおうと思っていたら、今夜、あなたが、店に残っていることを知り、表からガソリンを撒いて火をつけた。こういうことが、十分に、考えられるんですよ」

と、十津川が、いった。

8

夜が明け、朝を迎えたが、さっちゃんこと結城幸子は、飲み屋「みゆき」に、戻ってこなかったし、自宅にも、帰ってこなかった。

しかし、このことは、テレビのニュースにも出なかったし、新聞にも、載らなかった。

無名の人間の失踪《しっそう》など、現在の日本では、珍しいことではなくなっていて、ニュースにも、ならないのだろう。

だが、飲み屋「みゆき」で火事があったことは、新聞の世田谷版に載った。テレビのニュースでも、短くではあったが、取り上げられた。

多分、飲み屋「みゆき」のママだった、伊藤美由紀が、何者かに殺されていたことがあったからに違いない。それも、入院している伊藤美由紀を、犯人が、わざわざ病院に、忍び込んで殺したのである。

犯人が、店の入り口に、ガソリンを撒き、放火したということも、ニュースで、きちんと、報じられた。

雄介の談話も載った。記者に、聞かれたので、

「誰が、なぜ、店に放火したのか、全く分かりません」

と、答え、その答えが、そのまま新聞に、載った。

店の表が焼け、その上、さっちゃんも、消えてしまったので、「臨時休業」の紙が、貼られた。

これで、飲み屋「みゆき」に、客は、やって来なくなったが、警察だけは、雄介に会うためにやって来た。

その夜、訪ねてきたのは、十津川警部と、亀井刑事の二人だった。

雄介は、二人を、店の中に、招じ入れた。

「何度来られても、もう、話すことは、何もありませんよ」

雄介は、十津川に、聞かれる前に、先に、いった。

「われわれは、今回の事件について、こんな考えを、持っています」

改まった口調で、十津川が、いう。

「あなたのお母さん、伊藤美由紀さんを殺した犯人と、店に、放火した犯人とは、同一人だと、われわれは、見ています」

「同一人だという証拠でもあるんですか？」

「いや、証拠はありませんが、われわれは、同一犯だと見ています。そうなると、われわれが、心配するのは、犯人の執念と、その行動です。犯人は最初に、病院にまで侵入して、入院中のあなたのお母さんを、殺しました。普通なら、そんなことは、しないでしょう。そして今度は、あなたを、殺そうとして、店の入り口に、ガソリンを撒き、火をつけたのです。二つの行動に、われわれは、犯人の執念のようなものを、感じるのです」

「犯人の執念ですか？」

「犯人は、何としてでも、あなたの、お母さんを殺したかった。今度は、何としてでも、あなたの口を、封じたかった。つまり、あなたのお母さんが、犯人から、よほど嫌われていたか、憎まれていた。そういうことになります。あなたの場合は、犯人は、あなたが、自分のことを、知っている。あるいは、亡くなったお母さんから、自分のことを、聞いている。おそらく、そう信じているんですよ。だから、何が何でも、あなたの口を、封じようと考えた。そんな犯人に、本当に、心当たりは、ありませんか？」

十津川は、しつこく、同じことをきく。

雄介は、その質問に、どう答えていいのか分からず、

「僕には、分かりませんよ」

「お母さんから、そんな犯人について、どんなことでも、いいのですが、何か聞いていませんか？　いつか、自分が殺されるかもしれない、そんな言葉ですが」

「いや、全く、聞いたことがありません。もし、聞いていれば、すぐに、警察に話しますよ」

「本当に、亡くなったお母さんからは、何も聞いていないんですか？」

十津川は、不思議そうな顔で、雄介を見た。

横から亀井刑事が、

「あなたは、必ず、聞いているはずですよ。多分、聞いたあなたが、忘れてしまっているんですよ。何とかして、それを思い出してほしいのです。自分は、誰かに狙《ねら》われている。いつか殺されるかもしれない。そんなことを、聞いたことは、全くありませんか？」

「何度聞かれても、僕には、覚えがないんですよ。母が、そんな深刻な話をしたことはありませんね」

「不思議ですねえ」

十津川が、皮肉ないい方をした。

「犯人が、これほど、あなたのお母さんのことを、憎んでいたというのに、それを、どうして、一人息子のあなたに、打ち明けなかったんですかねえ？」

「そんな話は、母から一度も、聞いたことがありませんよ。それより、さっちゃんは、見つかったんですか？」

雄介は、逆に、刑事にきいた。

「今のところ、まだ何の連絡もありません」

と、十津川が、いう。

「女性の一人ぐらい、警察は、どうして、見つけられないんですか？」

雄介が、思い切り皮肉をいうと、十津川が、

「この調子で行くと、困ったことになりますよ」

今度は、雄介を脅かした。

「警察は、僕を逮捕するんですか？」

「念のために、いっておきますが、あなたも容疑者の一人なんです。ところが、何も、分からないというばかりで、われわれに、一向に、協力しようとしない。協力すると、自分が疑われてしまうので、知っていることを、いおうとしないのではないか？　われわれとしては、あなたを逮捕した上で、尋問するより仕方がないと考えてしまうん

ですよ。そうなる前に、お母さんを憎んでいた人を、思い出してもらいたいですがね」
と、十津川が、いった。

第三章　過去からの声

1

雄介は、いきなり、後頭部を、背後から殴られた。自宅アパートに入ろうとして、鍵《かぎ》を、開けている最中だった。

意識を失い、雄介は、その場に、グズグズと、倒れ込んだ。

どれだけの時間、意識を失っていたのかは、雄介にも、分からない。

気がついて目を開けると、強烈な明るさが、襲ってきた。

目をしばたたく。

ズキズキと、頭部の痛みも感じた。

体を動かそうとするのだが、なぜか、体が動かない。

必死になって、目を見開く。

今まで見えなかったのは、あまりにも、目の前の光が、強かったからであると、分かった。

強烈な光が、目の前から、雄介に、注がれているのだ。開けていることが出来ず、
雄介は、目を閉じた。

「気がついたようだな」

男の声が、前方から、聞こえてきた。

雄介は、立ち上がろうとしたが、体が、動かない。

どうやら、椅子《いす》に、縛りつけられているらしい。

雄介は、

「誰だ？」

と、きこうとするのだが、口が、うまく回らない。

「伊藤雄介、二十八歳、A高校を卒業、一浪して入ったS大学を、二年で中退。小説

家志望で、現在は無職だ。これで間違いないな？　答えたくなければ、黙っていてもいい。黙っていれば、こっちは勝手に、イエスと、考えるからな」

と、男が、続ける。

「……」

「君には、出生の秘密がある。知りたいか？」

「……」

「君は、一九八四年四月二日に、父、伊藤雄一郎《ゆういちろう》と、伊藤美由紀との間に生まれたことになっているが、これは間違いだ。母、伊藤美由紀は、間違いないが、父の雄一郎は、間違いだ。君の父親は、伊藤雄一郎ではない」

「……」

「君は、母親がガンを宣告されて、入院した時、何か欲しいものはないかと、きいた。すると、旅行がしたい。行先は、南紀白浜の温泉。そう答えて、君の母親は、死んでいった。そうだな？」

「……」

「君の母親は、もうこの世には、いない。南紀白浜の温泉に行きたいといったが、それが、できないまま逝《い》ってしまった。これは、運命というものだ。したがって、君は、間違っても、南紀白浜に行こうなどと思ってはならない。行こうとすれば、君は危険な目に遭うだろう。あるいは、死を迎える恐れすらある。それをよく考えて、南紀白浜への旅行は、諦《あきら》めることだ。いいな？」

「……」

「われわれが、ただ単に、南紀白浜に行くなと指示しても、納得できないかもしれない。だから、納得できるだけのものを、君に与えよう」

「……」

「これは、われわれが、君に与える最大限の代償だと考えるんだ」

と、男が、いった。

次の瞬間、雄介は、背後から強烈な臭《にお》いのする布で、口と鼻を、押さえられた。強烈な薬の臭い。そして再び、雄介は、意識を、失っていった。

2

雄介が、再び意識を、取り戻した時、最初に耳に聞こえたのは、波の音だった。目を開ける。

最初に見えたのは、青い空だった。

今度は、椅子に、縛りつけられてはいなかった。

依然として、頭の重さが、残っている。それでも、ゆっくりと立ち上がった。

目の前に、砂浜が広がりその先に、海が見えた。

なぜか、体の右側が、やたらに重い。気がつくと、見慣れぬカバンを、右肩にかけていた。

座り込んで、そのカバンを、開けてみた。

中には、札束が入っていた。

数えてみると、百万円の束が十個、合計一千万円である。その一万円札の束は、テープで、留めてある。

雄介は、男の言葉を思い出した。

男は、南紀白浜には行くなといった。その代わりに何かいっていたが、これがその、代償というわけなのか？

雄介は、もう一度、立ち上がった。

携帯を見ると、殴られてから丸一日経《た》っていた。

とにかく、今、自分は、どこにいるのか？

雄介は、それが、知りたかった。

前方に広がる海。たぶん、これは太平洋だろう。

とすれば、ここは、関東の、千葉とか神奈川の海岸か？

遠くで、自動車のエンジン音が、聞こえた。

雄介は、海とは、反対側の方向に向かって、歩き出した。

松林が、広がっていた。松林の幅は、十五、六メートルといったところだろうか？

いわゆる、防風林というやつだろう。

松林を抜けると、道路に出た。一台の白い車が、走ってくるのが見えた。湘南《しょうなん》ナンバーの車である。

やはり、雄介が思った通り、ここは、神奈川、湘南の海岸なのだ。

雄介は、その道路を、東に向かって、歩き出した。

十五、六分も、歩いていると、前方に、バス停が見えた。

バス停の看板には、逗子《ずし》駅行と、書いてある。雄介は、ここで、バスを待つことにした。

依然として、後頭部が痛む。手で触ると、大きなこぶが、できていた。

やがて、バスが、やって来た。逗子駅行だった。

乗り込む。

乗客は、まばらだった。雄介は、いちばん奥の席に、腰を下ろした。

バスが走り出す。

窓の外の景色が、移っていくのを見ながら、雄介は必死に、誘拐された時のことを、思い出そうとした。

飲み屋「みゆき」を訪れた、十津川警部と亀井刑事から、母の殺害と「みゆき」への放火は同一犯で、強い執念を感じる、必ず思い当たることがあるはず、と詰め寄られた後、雄介は、自宅アパートに帰り、部屋の鍵を、開けようとして、少し、前かがみになった時に、いきなり、背後から、後頭部を強打された。

そして、気を失った。

気がついた時は、椅子に、縛りつけられていた。目を開けたが、前方から強烈なライトを当てられていたので、思わず、目を、閉じてしまった。光が強烈すぎて、前がよく見えない。

その時に、男の声がしたのだ。記憶にない声だった。

その後、男は、わけが分からないことをいった。刑事の尋問のような話し方だった。

伊藤雄介、二十八歳、A高校を卒業、一浪して入ったS大学を、二年で中退。小説家志望……。あれは、いったい、何なのか？

自分を殴りつけ、誘拐しておいて、雄介が、本物かどうか、心配に、なったのだろうか？

芝居じみた人定質問の後で、男は、妙なことをいった。伊藤雄一郎は本当の父親ではないと、いったのだ。

そして最後に、亡《な》くなった雄介の母親のことをいっていた。

ガンの宣告を受けた母が、雄介に向かって、旅行がしたい。行き先は、南紀白浜の温泉がいいといった。その言葉は今でも、雄介の耳にはっきりと残っている。

しかし、南紀白浜に、連れていく前に、母は殺されてしまった。

その後ずっと、雄介は、なぜ、母が、南紀白浜に、行きたがったのかその理由を考え続けている。母の口から、南紀白浜という地名が、出たことが、それまでに一度もなかったからである。

その男は、その南紀白浜に絶対に行くなと、いった。行けば、危険な目にあうともいった。

男が、何のつもりで一千万円もの大金を、雄介のそばに、置いていったのか、分からないわけでもない。南紀白浜に行くな。行かなければ、納得できるだけのものを与えると、男は、いっていた。

それが、この一千万円ということだろう。

これは、分かるのだが、なぜ、男が、雄介を南紀白浜に行かせたくないのか、その理由が、分からないのだ。

バスが、逗子駅の前に着いた。

3

雄介は、電車を乗り継いで、三軒茶屋にある自宅アパートに、帰りつき、ドアを開けて、中に入ったが、自然に、周囲を、見渡していた。

ドアを閉め、疲れたので、ベッドに横になった。

枕元《まくらもと》には、一千万円の入ったバッグを置いた。疲れているのに、妙に、興奮していて、なかなか、眠ることができない。

仕方なく、雄介はベッドの上に、起き上がると、もう一度、バッグの中の札束を、取り出した。

銀行の名前の入ったテープで、百万円ごとに、留めてある。それを、ほどいて、中から一万円札を、一枚取り出して、透かして、見つめる。

ひょっとして、偽札《にせさつ》かもしれないと、思ったのだ。

透かしもあるし、同じ番号のものは、ない。印刷も、きれいである。どうやら、正真正銘の一万円札に、違いないと思ったが、そうなると、なおさら、一千万円もの大金を、雄介にくれた、男の目的が分からなくなってくる。

目的が、分からないことが、雄介を不安にさせた。

このまま、この、一千万円を使ってしまったらどうなるのか？

雄介は、自分が、素晴らしい男だと思ったことはない。むしろ逆に、だらしのない、出世しそうもないダメな男だと、思っている。

こんな男に、誰が、南紀白浜への旅行をしないことを条件に、一千万円もの大金を、渡したのだろうか？

そこが、雄介には、どうしても、分からないのである。

そんなことを、考えていると、ますます、眠れなくなってくる。

雄介は、最近購入した、南紀白浜の写真集を、本棚から持ってきて、ベッドの上に、横になって、ページをめくって、いった。

コバルトブルーの海と青空、美しい海岸の景色、温泉は万葉時代の昔からよく知られていて、天皇や皇太子が、たびたび、当時の都《みやこ》から、温泉に入るために、行幸・行啓していたという歴史も、書いてある。

南紀白浜に、東京から行くとすると、南紀白浜空港に行く飛行機が、一日三便ある。列車で行こうと思えば、新大阪まで、新幹線で行き、新大阪からは、和歌山を通って南紀白浜に行く、特急列車が、一日に、何本も出ている。

それだけ、南紀白浜の温泉、あるいは、その先の串本《くしもと》や新宮《しんぐう》に行く観光客が、多いということである。

紀勢《きせい》本線は、途中からは、単線なのに、特急列車「くろしお」は、一日に、何本も、走っている。

(母は、どうして、この、南紀白浜に、行きたかったのか？)

雄介は、また、同じ質問を、自分に、投げかけた。

母が、ガンを宣告されて、長くても、余命一年と知らされた時、雄介は、何か欲しいものはないかと、母親にきいたのである。

その時の、母親の答えは、

「旅行がしたい。南紀白浜の温泉に行きたい」

ということだった。

母も当然、そんなに長く生きられないということは、分かっていたに、違いない。

それなのに、なぜ、南紀白浜へ旅行がしたいといったのだろうか？

雄介は、母から、南紀白浜の話を、聞いたことは、一度もない。

だが、死ぬ直前の母が、南紀白浜への旅行を、強く希望していたことを考えると、南紀白浜に、母は何か、強い思い出を、持っていたに違いないと、雄介は、思う。

翌日、雄介は、銀行が開くのを待って、口座を作り、一千万円を預金した。キャッシュカードを、作ってもらい、差し当って百万円をおろし懐《ふところ》に入れた。この お金で雄介は、いつでも、旅行をすることができるようになったのだが、やはり、妙な男の言葉が、気になって、かんたんに、南紀白浜に旅立てなかった。

母を殺したのは、あの男ではないのか？

だとすれば、あの男は、雄介が、南紀白浜に行こうとしたら、容赦なく、殺すに違いない。

もちろん、雄介は母親のように殺されるのは怖い。しかし、それ以上に、不気味なのは、誰かが、いつも自分を監視しているらしいことだった。

多分、亡くなった母も、今から考えると、誰かが監視していたのだと、雄介は、思う。

雄介と母の間で、南紀白浜の温泉に、旅行することが、話し合われた。そのことを、あの男は、どこかで、耳にしたに違いない。それで、母は、殺されてしまったのではないのか？

母はその願いを、雄介以外の人間にしゃべったのだろうか。

もしくは、自分が誰かにしゃべったのか。

雄介には、親友と呼べるような人間は、一人もいない。だから、南紀白浜の温泉に、旅行したいという母の願いを、誰かに、話した記憶はなかった。

唯一《ゆいいつ》、話をしたとすれば、母が働いていた「みゆき」でだろう。そこには、母と親しい客が何人もいる。

母がガンで入院した後、さっちゃんが一人で、「みゆき」をやっていて、そこに、雄介は、顔を出していた。

常連客は、誰もが、母の病状を心配していたから、母は、南紀白浜の温泉に、旅行するのが、唯一の楽しみみたいだといったようなことを、客の誰かに話をしたかもしれない。それを確認したくなった。

雄介は、常連客の一人が三軒茶屋の商店街で、ラーメン店をやっているのを思い出した。「みゆき」では、さっちゃんが、三五郎《さんごろう》さんと呼んでいた、ラーメン店の主人である。

ちょうど、時間が昼頃だったので、その店で、ラーメンの大盛りを注文してから、カウンター越しに、雄介は、店の主人、通称三五郎さんに話しかけた。

「母のことなんですが、亡くなる少し前に僕は、何か欲しいものはないかと、母に、きいたことがあるんです。そうしたら、南紀白浜の温泉に、旅行がしたいというんです。三五郎さんは、母のこの、希望について、ご存じでしたか？」

「いや、そんな話は、ぜんぜん知らないよ。もし、知っていたら、みんなで、ママさんを車に乗せて、南紀白浜まで、連れていったよ」

と、三五郎さんが、いった。

「みなさんの中に、このことを、知っている人は、いませんでしたか？」

雄介は、質問を続けた。

「いや、たぶん、誰も、知らないんじゃないかな？　今でも時々、集まっちゃ、ママさんのことを、話すんだ。その時に、南紀白浜のことは、誰も、いわないから、知らなかったと思うね」

と、三五郎さんが、続けた。

どうやら、母は、あの店の常連客には、南紀白浜のことは、何も、話していなかったらしい。また、雄介が知らないうちに話したこともないとわかった。

とすると、母を殺した犯人は、誰から、そのことを、聞いたのだろうか？

もちろん、南紀白浜のこととは関係なく、母を殺したということも考えられる。

しかし、昨日の、奇妙な男のことを、考えると、母が、南紀白浜のことを、口にしていなかったら、殺されなかったに違いないと、雄介は考えることにした。

4

雄介は、さっちゃんの両親がやっている「プチモンド」に、顔を出した。

ここでも、カウンター越しにコーヒーを頼み、店のオーナーの結城明と、その妻、澄子に、声をかけた。

「亡くなった母のことですが、殺されるなんて、思わなかったので、何もしてあげられなかったんですよ。そのことで、気になることがあるんですが、お二人は、母から、何か聞いていませんか？　いちばん、母がしたかったこと、して貰《もら》いたがっていたことで」

雄介の質問で、結城夫妻は、顔を見合わせた。

「美由紀さんは、あの店をやっているのが、一番の楽しみだったんじゃなかったですかね？　あの店をやりながら、あなたが、早く結婚してくれて、孫の顔を見せてほしいと、いっていましたよ。ほかに、何をしたがっていたかは、聞いたことはありませんね」

と、澄子が、いった。

「前にもききましたが、南紀白浜のことは、いってませんでしたか？」

雄介の質問に、今度は、オーナーの結城が、答えた。

「美由紀さんから、南紀白浜の話を、聞いたことは、ありませんよ。家内がいったように、あの店を、やりながら、息子のあなたが、結婚して、早く、子供を作ってくれることを、一番の楽しみにしていたんじゃないですかね」

やはり、母は、この結城夫妻にも、南紀白浜のことは、話していない。

雄介は、話を、変えた。

「まだ幸子さんは、見つかりませんか？　何の連絡も、ないんですか？」

「いろいろと、心当たりを探しているんですけどね、見つからない。捜索願も、出したんだけどね」

と、結城が、いった。

「幸子さんは、旅行を楽しみにしていることは、ありませんか？」

「以前から、時々、一人で、旅行に行っているようですよ」

澄子が答えた。

「旅行のことですが、南紀白浜の、話なんかはしませんでしたか？　いつか、南紀白浜に行ってみたいとか、その時に、僕の母を、誘いたいとか、そういう話は、しませんでしたか？」

「南紀白浜ね」

結城は、オウム返しに、いってから、

「幸子からも、南紀白浜の話を、聞いたことはありませんねえ」

雄介は、結城夫妻に、

「幸子さんから、何か連絡あったら、すぐ知らせてください」

と、改めて、頼んでから、店を出た。

自宅アパートに向かって、歩きながら、雄介は、考えた。

亡くなった母が、ガンで入院してから、さっちゃんも、見舞いに、行ってくれていた。もし息子の雄介以外に南紀白浜のことを、話したとすれば、さっちゃん以外には、考えられなかった。

病床の母も、さっちゃんには、安心して、自分のやってみたいこととか、夢なんかを、話していただろう。

そう考えると、母が、さっちゃんに、南紀白浜の温泉に旅行したい、と話しても不思議ではない。

このことと、さっちゃんの、失踪《しっそう》と何か関係が、あるのだろうか？

さっちゃんは、旅行好きだと、両親もいっていた。

母と二人では、行ったことがなくても、さっちゃんは、南紀白浜に、行ったことがあるのかも、しれない。

そうなると、さっちゃんは、雄介にきかれて、母が南紀白浜温泉に、旅行したいといっていたのを、思い出した。更に、殺された理由が、南紀白浜にあるのではないかと考えて、一人で、南紀白浜に、行ったのかもしれない。

その逆も、考えられる。

ひょっとすると、さっちゃんは、あの薄気味の悪い、男の側にいるのではないか？もっと、あからさまにいえば、さっちゃんは、あの男に頼まれて、母の見張りをしていたことも考えられる。

つまり、スパイである。

さっちゃんは、母の店を手伝いながら、母のことを、見張っていた。母がガンを宣告されて、入院した後、見舞いに行ったさっちゃんは、母から、南紀白浜の温泉に旅行したいと聞かされた。それをあの男に伝えたのでは、ないのか？

男は、母の口を、封じる必要を感じて、病院に、忍び込み、母を殺害した？

5

自宅アパートに帰ると、部屋の前に、刑事が、二人立っていた。

十津川警部と、亀井刑事である。

雄介は仕方なく、二人を、部屋の中に招じ入れた。

「母について、お話しすることは、もう、何もありませんよ」

雄介は、二人に向かって、クギを刺した。

しかし、十津川も亀井も、ニコニコと、笑っていた。

「今日、ちょっと変わったことを、されましたね？」

十津川が、笑いながら、いった。

「今日？ 僕は、何もしていませんよ。普段と変わらない、一日だと思いますが」

「いや、あなたは、M銀行に一千万円持っていって、預金し、百万円を引き出しましたね？　その一千万円について、どうされたのか、お話を、伺いたいのですよ」

「警察は、僕を見張っていたんですか？」

「たしか以前、申し上げたはずですよ。警察は、被害者と関係のあった人間を全員捜査することになっていると。ですから、あなたのことも、監視することにしました。どうしても、おききしなければならない。あの一千万円というのは、どういう、お金なんですか？」

十津川は、笑いを消して、きいた。

「どうして、僕のお金を調べるんですか？」

雄介が逆に、きいた。

「あなたは、お母さんの、葬式で、百二十万円の預金を、全《すべ》て、使い果たしたと、いっていた。それに、あなたは、現在、定職に就いているわけでもない。また、亡くなった、お母さんの遺産が、手に入ったということもない。それなのに、どうして、一千万円もの大金を銀行に持っていって、預金したのか、ぜひその理由を話していただきたいのですよ」

今度は、横から亀井刑事が、きいた。

「僕に、逮捕状が出ているわけではないんでしょう?」

「逮捕状は出ていません」

「それなら、あの現金を、どうしたのかについて、答えるも、答えないも、僕の自由ではありませんか? 今は、警察には、何も話したくない。それが、僕の答えです」

「そうですか。一千万円の現金を銀行に、持っていく前、あなたは、一日以上、姿を、消していた。われわれは、あなたが、何者かに誘拐されてしまったのではないか、あるいは、殺されてしまったのではないかと、考えて、心配し、必死にあなたの行方を探しました。その間、あなたは、どこに、いたのか、教えてもらえませんか?」

「ここにきて、僕は、母が殺されたり、母のやっていた居酒屋が、放火されたりして、疲れ切っているんです。それなのになかなか眠れないので、睡眠薬を飲んで、ベッドに入りました。寝不足だったせいもあってか、二十四時間どころか、もっと長く、眠り込んでしまったんですよ。別に、どこかに、出かけていたわけでは、ありません。ここで、ずっと、眠っていたんです。他に何もありませんよ」

「それならいいんですが、実は、三回も電話を、かけたんですよ。それでも、あなたは、出なかった。そうなると、あなたが、この部屋で、ずっと寝ていたというのはウソで、どこかに、出かけていたのではないか? そう考えざるを、得ないんですが、それでも、ずっと、寝ていたと主張されますか？」

十津川にいわれて、雄介はあわてた。

「三回でしょう？　ええ、電話が鳴っているのは、気がついていましたよ。でも、今いったように、とにかく、眠くて、仕方がなかったんですよ。だから、電話が、鳴っているのは分かっていましたが、受話器を取る気力がなくて。とにかくあんなに長い間眠っていたのは、初めてです」

二人の刑事は、雄介の言葉に笑った。

「三回、あなたに、電話をしたというのは、ウソですよ」

と、十津川が、笑いながら、いう。

「寝ていたというのは、ウソで、やはり、どこかに、出かけていたんですね？　どこに行って、誰に、会っていたのか、話してもらえませんか？」

「確かに電話が鳴ったのを知っていたというのは、ウソですよ。しかし、この部屋で、ずっと寝ていたというのは、本当です。僕が、どこかに、出かけて、誰かに、会っていたというのなら、それを、証明して見せて下さいよ」

と、雄介は、反撃した。

「分かりました。まあ、いいでしょう。われわれ警察は、あなたが、少なくとも丸一日は、この部屋にいなかったことを、確認したことで、それ以上、あなたにきくことは、止《や》めますが、あなたが、殺人事件の、容疑者の一人だということは、分かっていらっしゃいますよね？」

十津川が、笑いを消した顔で雄介を、おどかした。

「もちろん、分かっていますよ」

「それで、あなたのことを、徹底的に調べました」

十津川が、いったので、今度は、雄介自身が、先に、

「伊藤雄介、二十八歳、一九八四年、四月二日、父、伊藤雄一郎と母、美由紀との間に、生まれた。地元の小中学校から、A高校に進学。一浪後S大学に入るも、二年で中退。自分が生まれてすぐ、両親は離婚、母親の伊藤美由紀は、三軒茶屋の、商店街の外れに、居酒屋『みゆき』をオープンして、一人息子を育てた」

と、喋《しゃべ》り、

「これが、僕の全てですよ。寂しい人生ですよ。何しろ、ほんの数秒で、僕の二十八年間の人生の全てを、説明できるんですから」

雄介は、照れながら、話したのだが、十津川は、相変わらずニコリともせずに、

「あなたの両親は、一九八四年四月二日に、あなたの出生届を、出しています。しか

し、その直後に、あなたのお母さんは、お父さんと、離婚しています。まるで、一人息子を生むために、結婚、離婚したように思えてくるんですよ。どうして、あなたの、両親は、そんな大変な時に、離婚してしまったんでしょうかね？　その辺の事情について、お母さんから、何か、聞いていませんか？」

と、十津川が、きく。雄介は、返事のしようがなくて、黙っていた。

次に、十津川は、一枚の写真を取り出して、雄介の前に、置いた。

中年の男の顔写真だった。

「あなたは、この男性を、もちろん知っていますね？」

「いや、知りませんよ。誰なんですか、この人は？」

と、十津川がきく。

「あなたのお父さんですよ。あなたが生まれてすぐ、お母さんと、離婚した。あなたの父親、伊藤雄一郎さん、当時、四十五歳だった。本当に、この顔に、見覚えがないんですか？」

「両親は、僕が生まれて、すぐに離婚してしまい、その後、父親には、一度も会っていませんから、どういう顔だったのかも分からないんです。母も、僕に、父の写真を見せてくれたことは、一度も、ありませんでした」

「この顔ですが、どこか、おかしくありませんか？」

と、亀井刑事が、きく。

「おかしいって、整形でも、しているんですか？」

「違います」

「それじゃあ、僕には、この顔の、どこがおかしいのか、全く、分かりませんよ」

雄介が、少しばかり、腹を立てて、いった。

「いいですか、よく、見てくださいよ。誰が見ても、この写真の顔と、あなたとは、似ていません。似ていない親子というのもありますが、そういう場合でも、どこかに、似た特徴があるものです。しかし、この顔写真と、あなたとは、どこも、似ていません。専門家に確認してもらおうと、あなたの顔写真と、この男の顔写真を、比較してもらったんですが、これは、他人の顔だと、いいました」

と、亀井刑事が、いい、続けて、

「それで、われわれは、こんなふうに、考えてみました。亡くなったあなたのお母さんと、夫以外の男性の間に子どもが、出来てしまった。お母さんと、その男とは、いわゆる、不倫の関係にあったから、男は、認知できないと、いったんでしょうね。そこで、あなたのお母さんは、伊藤雄一郎さんとの間に生まれた子供として、出生届を、出されたんだと思います。お母さんから、この話を聞いたことは、ありませんか？」

十津川が、きく。

「そんな話、聞いたことは、ありませんよ」

答えながら、雄介は、あの、薄気味の悪い男のことを、思い出していた。

あの男は、雄介の父親が、伊藤雄一郎でないと、いっていた。たぶん、そのことを、隠しておく口止め料として、あの一千万円を、雄介にくれたのだろう。それに、南紀白浜も含めて。

「僕の本当の父親は、いったい、どこの誰なのか、分かっているのでしたら、教えてくれませんか？」

雄介が、十津川に、頼んだ。

十津川は、それには答えず、父の顔写真をしまうと、

「はっきりとした証拠があって、あなたと、この写真の男が、本当の親子ではないといっているわけじゃありません。もう一人の男のことは、われわれも、よく知らんのですよ」

と無責任な、いい方をした。そして、

「ちょっとおかしいな」

と、つぶやいた。

「何がおかしいんですか？」

「今の話ですが、あなたにとって、ショックだったはずなのに、全く、驚いていませんね。もしかして、前から、あなたは、このことを、知っていたんじゃありませんか？」

一瞬、雄介は、あの男のことを、話そうかと思ったが、

「実は、亡くなった母から、いろいろと、聞かされていたんですよ。今の話も、それとなく、母が、話してくれていました。だから、あまり驚かなかったんですよ」

と、ウソをついた。

6

十津川警部と亀井刑事の二人が、帰った後、雄介は、ベッドに、横になり、もう一度、南紀白浜周辺の、写真集を取り出して、寝たまま、ページを、めくっていった。

ここに来て、突然、さまざまな出来事が、雄介の周辺で、起きた。

普通の場合なら、いや、母が、殺されたあとでなければ、驚いたとしても、それは、深刻な問題では、なかった。

母は、南紀白浜に、行きたいといった。それだって、母の小さな希望で、母が、もっと、長生きできていれば、今頃、雄介は、母と一緒に、南紀白浜を旅行していたかもしれないのである。

得体の知れない男が、突然、本当の父親がいると雄介に教えた。そして、今度は、刑事が来て、同じ話を雄介に聞かせた。

ビックリはしたが、雄介も二十八歳の男だから、今なら、さほど深刻に悩むこともない話である。

母が生きていれば、

「僕は、母さんが、浮気をした結果、できた子供なんですってね」

と、笑いながら、話せる話である。とにかく、昔の話なのだ。

何しろ、もう、二十八歳になっている自分の出生に、いろいろ、あったとしても、別にそのことで、腹も、立たないし、母を、責める気にもならない。

雄介は、作家を志しているから、そんな話自体も、自分の作品に、取り込めれば、面白いストーリーが、できるかもしれない。そんなふうに、考えることもできる。

しかし、詳しいことを聞ける筈《はず》の母親は、殺されてしまっている。そうなると、父親が違うという話が、どうしても、深刻な話になってしまうのである。

「全ての原因は、南紀白浜にある」

と、雄介は、考えた。

たぶん、この推理は、当たっているだろう。それを確認するために、南紀白浜に、いったほうがいいのか？

しかし、あの奇妙な男は、南紀白浜に行けば、雄介を殺すというようなことを、匂わせていた。

その夜雄介が、何とか、眠りについたのは、明け方近くだった。そのせいか、ドアをノックする音でやっと目が覚めた時には、すでに、昼近くなっていた。

目をこすりながら、ベッドの上に、起き上がった。

まだ誰かが、ドアを、激しく叩《たた》いている。

「うるさいな」

と、思いながら、雄介は、ベッドから立ち上がると、バスルームで、顔を洗ってから、ドアを、開けた。

そこに、立っていたのは、昨日と同じ、十津川警部と、亀井刑事の二人だった。

雄介は、腹が立って、

「まだ何かあるんですか？」

と、つっけんどんに、きいた。

「結城幸子さんが、見つかりました。これから、その現場に、行きますから、一緒に行ってください」

「どうして、僕が一緒に、行かなくてはいけないんですか？」

「ただ、発見されたわけじゃないんですよ。死体で、発見されたんです」

「南紀白浜ですか？」

と、雄介は、思わずきいてしまった。

一瞬、十津川の顔が、エッという表情になった。

「いや、東京湾ですよ」

と、十津川が、いった。

第四章　母の面影

1

雄介が、パトカーに乗せられて、連れていかれたのは、月島《つきしま》警察署である。

途中の車の中で、十津川警部が、雄介に事情を説明した。

「今朝早く、東京湾のお台場で、ハゼ釣りをしていたサラリーマンが、海面に浮かんでいる女性の死体を発見して、慌《あわ》てて、一一〇番してきました。その女性の身元を、調べたところ、さっちゃんこと、結城幸子さんであることが分かったんです」

「どうして、さっちゃんの死体が、東京湾に浮かんでいたんでしょうか？」

「まだ分かりません。それを、これから調べるんですが、地形的に見れば、東京湾に注ぐ隅田川、荒川、江戸川、などの上流で、幸子さんの死体は、川に投げ込まれて、東京湾にまで、流れていったのではないかと、われわれは、見ています」

結城幸子の死体は、すでに、引き揚げられ、月島警察署の中に、安置されていた。

「どうですか、結城幸子さんに、間違いありませんか？」

と、亀井刑事が、きく。

「ええ、間違いありません」

雄介が、答えた。

海水に、長く浸《つ》かっていたせいか、体全体が、膨らんでいるように、見えた。しかし、その顔は、紛れもなく、さっちゃんである。

「幸子さんは、殺されたんですか？　それとも、自殺ですか？」

と、雄介が、きいた。

「詳しいことは、司法解剖をしてみなければ、何とも、いえませんが、首を、絞められたと思われる跡がありますから、他殺の可能性濃厚だと思っています」

「彼女は、どうして、東京湾なんかで、死んでいたんでしょうか？　犯人は、いったい、誰なんですか？」

雄介がせっかちに、きいた。

「われわれよりも、あなたは、被害者に、近かったんだから、何か心当たりが、あるんじゃありませんか？」

十津川が、雄介を見つめる。

「亡《な》くなった母は、幸子さんと、ずっと一緒に働いていましたから、彼女に近かったけれども、僕は、彼女のことを、よく知らないんですよ。心当たりといわれても、正直何もありません」

それは、ウソではなかった。雄介は、今回、母が殺されるまで、結城幸子とは、あまり、話したこともなく、それほど、親しいという感じはなかった。

東京湾には、幕末の頃、黒船を撃退しようとして、幕府が、大砲を備え付けるために、お台場が、作られ、そのいくつかは、現在も、残っている。そこは今、釣り人にとって、格好の、ポイントになっていた。

お台場は、東京湾全体から見れば、湾の奥に作られている。たしかに、十津川がいうように、東京湾に注ぐ隅田川、荒川、江戸川など、その上流のどこかで、殺しておいて、犯人は、川に死体を、投げ込んだのかもしれない。それが、東京湾に流れ出て、お台場の釣り人が発見したということも、うなずけないことは、なかった。

雄介が、促されて別室に、入ると、結城幸子の両親が、来ていた。雄介より先に、呼ばれて、死体発見の経緯などを知らされていたのだろう。

十津川は、幸子の両親と雄介に向かって、こんな質問をした。

「結城幸子さんは、殺された美由紀さんの店を、十五年以上、手伝っていましたね？」

「ええ、そうです」

目を真っ赤に泣きはらした幸子の両親が、うなずく。

「そうなると、伊藤美由紀さんを、殺した犯人と、今回、結城幸子さんを、殺した犯人は、同一人かもしれません」

「たしかに、ウチの娘と、伊藤美由紀さんとは、お互いに助け合って、ずっと一緒に、仕事をしていました。しかし、だからといって、共通して、誰かに憎まれていたなんてことが、あるでしょうか？」

幸子の父親が、逆に、きき返す。

「われわれ警察がいちばん、知りたいと思うのは、同一犯だったら、二人を殺した理由です。動機が分かれば、容疑者が、浮かんできますからね。それで、何か心当たりがあったら、ぜひ、教えていただきたいのです」

十津川は、三人に、向かって、いった。

「娘の幸子は、伊藤美由紀さんのことが、大好きで、美由紀さんがやっていた居酒屋を、長いこと、手伝っていました。美由紀さんのほうも、幸子のことを、気にいってくれていて、ずっと一緒に、働いていたんです。何回か一緒に、旅行もしてますが、二人の共通点というと、仕事のことしか浮かんできません。どうして、娘は、殺されてしまったんでしょうか？」

幸子の母親が、十津川に、きいた。

「われわれも、これから、犯人の動機について、調べようとしているんです」

2

捜査会議が、開かれた。

十津川が、これまでの事件の経過を説明し、今後の、捜査方針について、自分の考えを話した。

「今回の一連の事件は、六月五日、ガンで入院中の、伊藤美由紀、五十歳が、病院内で殺されたことから、始まっています。伊藤美由紀は、大阪の生まれですが、高校を卒業してから上京し、結婚して、二十八歳になる雄介という一人息子がいます。離婚してから、三軒茶屋で『みゆき』という居酒屋を、やっていましたが、常連客も多くて、なかなか、繁盛《はんじょう》していたようです。しかし、伊藤美由紀が、殺された理由は、はっきりしていません。五月下旬に、ガンで入院した時、長くても一年、短ければ半年の命と、診断されていました。つまり、一年以内に亡くなる伊藤美由紀が、なぜ、殺されなければ、ならなかったのかと、不審がる人も、いますが、私は、逆に考えました」

「逆というと、どういうことかね？」

三上《みかみ》本部長が、きく。

「ガンにかかり、あと長くても、一年の余命と診断されたからこそ、犯人は、一年後の自然な死を、待たずに、あえて、伊藤美由紀を殺したのだと、私は思うのです」

「しかし、放っておいても死んでしまう人間を、わざわざ、殺したりするかね？　私には、その辺の、犯人の行動が、不自然に思えるがね」

「私は、こんなふうに考えてみたんです。伊藤美由紀が、誰かの秘密を、握っていたとします。秘密を握られていた人間が、喋《しゃべ》ったら殺すぞと、伊藤美由紀を脅かしていた。彼女は、怖いので、長い間その秘密を、公《おおやけ》にすることがなかった。その伊藤美由紀が、ガンを、宣告されて入院し、その上、長くても、あと一年の命と、いわれたのです。そうなると、怖いものがなくなり、長い間、ある人間の、秘密を喋らずにいたのが、喋ってしまう可能性が出てきました。それで、犯人は、伊藤美由紀を、殺してしまったのではないかと、考えたんです」

「それが、動機に、なっているというわけかね？」

「断定はできませんが、可能性はあると。ただ、被害者の伊藤美由紀は、どこにでもいるような、平凡な女性ですし、三軒茶屋で、居酒屋をやっていたといっても、ごく小さな店です。なかなか美人だし、客扱いもうまいのか、たくさんの、常連客がついていたようですが、だからといって、伊藤美由紀が、大きな存在だということは、ありません。伊藤雄介という二十八歳の一人息子がいますが、典型的な、今どきの若者という感じで、大学を中退し、ちゃんとした定職には就かず、母親と一緒に、住んでいます」

「つまり、母親に、寄生していたというわけだな？」

「そうです。伊藤雄介は、自分では、作家に、なるつもりのようですが、彼が書いたものが、本になったことはありません。母親の伊藤美由紀と同じように、息子の、伊藤雄介も、社会的に見て、大きな存在というわけでもありません。伊藤美由紀のやっていた『みゆき』という店で、雄介が、眠っている時、何者かが、ガソリンを、使って放火しました。雄介が気がつくのが、遅ければ、焼死するところでした。たぶん、犯人は、伊藤美由紀を殺した人間と、同一人でしょう」

「動機も同じか？」

「今もいったように、伊藤雄介は、こんな男を、いったい誰が、殺すのかと、つい首を傾《かし》げてしまうような男です。その上、今回は、伊藤美由紀の、居酒屋を手伝っていた、さっちゃんこと、結城幸子、三十五歳が、殺されました。おそらく、同一犯人だろうと思いますが、結城幸子が、何故《なぜ》殺されたのか？　犯人の動機は、いったい、何だったのか？　伊藤美由紀、息子の伊藤雄介、今回の被害者、結城幸子のいずれもが、どちらかといえば、人に好かれるほうで、人から、恨みを買うといったタイプではなく、むしろ、周りにいる人たちからは、愛されていた存在だったと思うのです。そうなると、伊藤美由紀に、秘密を握られていた犯人がまず、口封じに美由紀を殺し、さらに、美由紀が息子の雄介にその秘密を話しているのではないかと、疑って、彼を殺そうとし、次には、結城幸子もそれを聞いていたのではないかと疑って、殺したことになってきます」

3

「それで、これからの捜査は、どう、進めていくつもりかね？」

と、三上が、きいた。

十津川は、それに答える。

「捜査方針ですが、私には、何か肝心なことが、見えていないのではないか、そんな感じがして、仕方がないのです。そこで、北条早苗刑事と三田村《みたむら》刑事の二人に、伊藤雄介を、監視し、尾行するように、指示してあります。現在、二人は、任務を遂行中です」

「君が、伊藤雄介の尾行を命じた理由は、何かね？　彼が、容疑者だと、思っているのかね？　しかし彼も、命を狙《ねら》われたんだろう？」

「伊藤雄介の動きに、ちょっと、疑問を持ったからです」

「疑問というと？」

「母親の、伊藤美由紀が殺された後、居酒屋『みゆき』があった商店街で、盛大な葬式が、ありました。その時伊藤美由紀には、百二十万円の、預金がありましたが、この葬式で、全部、使い果たしてしまった、と思われます。そうなると、息子の、伊藤雄介は、まとまった金は持っていないということに、なります。ところが、ここに来て、伊藤雄介は、近くの銀行に行き、一千万円を、普通預金に、入れ、百万円の現金を引き出して、銀行から出て行った。こんな大金を、どうやって、手に入れたのか？ それが、私には、気になるのです。そこで、今、申し上げたように、北条刑事と、三田村刑事の二人に、伊藤雄介を、監視し、尾行するように命じたのです」

「出所不明の、一千万円の現金というわけか？」

「そうです。大金です」

「誰かが、その一千万円を、伊藤雄介に与えたと、君は、思っているのかね？」

と、三上が、きく。

「はい。彼の母親、伊藤美由紀が殺され、今回また、結城幸子が、殺されましたが、この二つの殺人に関係のある金だとは、思っています、何もなしに、伊藤雄介に、一千万円もの大金を渡す人間はいませんから」

「伊藤雄介は、一千万円の現金を銀行に持ってきて、預金したのか」

「そのことが気になります。伊藤雄介は、一千万円の現金を預金し、キャッシュカードを、作っています。そのうち、引き出した百万円の現金を持っているんです」

「その行動から、どんなことが、考えられるのかね？」

「どこかに、旅行するのではないかと、思います。一千万円もの現金を、持って旅行するのは危険です。といって、友人や知人に、預けておくことも問題ですから、伊藤雄介は、一番安全で必要な時に便利なことを考えたのだと思います。まず、一千万円を、預金して、キャッシュカードを作る。差し当って必要な百万円だけ引き出し、現金で持っておく。それで、どこかに、旅行するのだろうと、考えました。旅行先で、金が足りなくなった時は、キャッシュカードで、下ろすことができますから」

捜査会議が、終わりに、近づいた時、十津川の予想が、的中したことが、分かった。

伊藤雄介の、監視を命じておいた三田村と北条早苗刑事の二人から、携帯を使っての連絡が、入ったのだ。

「伊藤雄介ですが、アパートを出て、タクシーを、拾いました。私たちも、尾行に移ります」

三田村がいい、続いて、北条早苗刑事が、こんな報告をした。

「伊藤雄介は、簡単な変装をしています。サングラスをかけ、帽子を、かぶっています」

「変装している？　間違いなく、伊藤雄介なんだろうね？」

「ええ、それは、間違いありません」

北条早苗刑事が、いった。

四十分くらい経《た》ってから、二回目の報告が入った。

「伊藤雄介を乗せたタクシーは、今、東京駅の、八重洲口《やえすぐち》に着いたところです。おそらくこれから、列車に乗って、どこかに、行くつもりではないでしょうか?」

と、三田村がいう。

すでに、こちらは捜査会議を終えている。

「今、伊藤雄介は、新幹線『のぞみ21号』に乗りました。東京9時30分発の列車です。行き先は、どうやら、新大阪のようです。私と三田村刑事も、同じ『のぞみ』に乗ります」

今度は、早苗の報告である。

「新幹線で、新大阪か」

「母親の伊藤美由紀は、大阪の人間ですから、母親の生まれた大阪に行くつもりなのかも、しれませんね」

と、西本刑事が、いった。

「いや、それは、ないだろう」

十津川は、あっさりと、否定した。

「どうしてですか？」

「たしかに、彼の母親は、大阪の生まれだが、彼女の両親は、すでに、二人とも死亡しているし、これまでほとんど、大阪に帰っていないから、今さら大阪に行くとは、思えないよ」

一時間ほどして、二人の刑事から連絡が入った。

「今、名古屋を、出たところです。あと一時間足らずで、新大阪に、着きます。12時06分着です」

と、三田村が、いう。

「伊藤雄介の様子は、どうだ？　何か変わったことは、ないか？」

「ここまでは、特に変わった動きは、ありません。8号車のグリーン車に乗って、大人しく、席に座っています。今は、新聞を読んでいます」

「グリーン車を、使っているのか？」

「そうです」

「たしかに、今、伊藤雄介は、一千万もの大金を、持っているから、グリーン車に乗っていてもおかしくはないな。伊藤雄介の変装だが、君の目から見て、どうなんだ？」

十津川が、きいた。

「私よりも、女性の目で見て、どうなのか、北条刑事から、感想をいってもらいます。今、電話を替わります」

三田村が、いい、北条早苗に、電話が替わった。

「夏物の背広を、着ていて、ネクタイはしていません。サングラスをつけ、中折れ帽を、かぶっています。背が高いので、意外と、似合っていると思いますね。今どきの、若者らしい、なかなかのオシャレな、格好です」

新大阪に着くと、伊藤雄介は、駅の中にある、フランス料理の店で、昼食を取った。

二人の刑事も、同じ店に入って、昼食を取ることにしたが、三田村は、電話で、十津川にこんなことをいった。

「伊藤雄介は、フランス料理の、フルコースを注文しました。最初にワインで、何とも、優雅なものですよ」

4

フランス料理の、フルコースを取ったのは、久しぶりである。

現在、現金で、八十万ほど持っている。そのことが、雄介を、ゆったりした気分にさせていた。

雄介を誘拐した男は、一千万をやるから、絶対に、南紀白浜には、来るなと警告した。

正直いって、怖い。母も結城幸子も殺されているからだ。

しかし、逆にいえば、その脅しが雄介に、白浜行きを、決意させたのである。絶対に、行くなというからには、そこには、雄介に知られたくない、何かが、あるのだ。それを、雄介は、知りたくなったのである。

母親の葬儀が終わり、今度は、結城幸子が、殺されてしまった。

そうなると、雄介には、することが、ないのである。

事件について相談する人間は、もう、一人もいない。それなら、思い切って、南紀白浜に行ってやれと、雄介は、考えたのである。

雄介は、食後のコーヒーを飲みながら店の奥にいる二人の刑事に、目をやった。

東京駅に着いた時から、雄介は、その刑事たちに、尾行されていることに、気づいていた。

男の刑事の顔は、覚えていなかったが、女の刑事は、母の葬儀の時に、その顔を見て、覚えていた。たぶん、あの時、様子を、見に来たのだろう。

ひょっとすると、被害者の母の葬儀に、犯人が、来ているかもしれないと、顔を出したのだろう。

おかげで、雄介は、あの、女性刑事の顔を覚えてしまった。

刑事が二人も、自分を、尾行していることに、雄介は、逆に安堵感《あんどかん》を持った。

たぶん、あの二人は、雄介をどこまでも、尾行して来るだろう。雄介がこれから行こうとしている南紀白浜まで、ついてくるに違いない。

ゆっくりと食事を済ませてから、雄介は店を出ると、今度は、駅構内の通路を通って、新宮行きの特急列車が出るホームまで歩いていった。

雄介は、エスカレーターで、ホームに降りていった。

新大阪14時00分発の白浜行きの特急列車は、すでに、ホームに入っていた。新型車両の「くろしお15号」である。

六両編成のその車体は、白とグリーンのツートンカラーでいかにも南国行の感じである。

雄介は、この特急列車でも、グリーン車の切符を買ってあった。先頭1号車の半分がグリーン車である。

グリーン車の横に立ち、何となくという感じで、ホームに、目をやった。

二人の刑事が、慌てて、姿を隠すのを見て、雄介は、苦笑した。

グリーン車に、乗り込むと、新大阪駅の構内で買った、南紀白浜の観光案内本を開いた。グラビア写真の、多い本である。

雄介は、今まで、南紀白浜に行ったことがない。漠然と、熱海《あたみ》のような、海のある温泉地と、想像していたのだが、グラビア写真を見ていくと、少しばかり違うことが、分かった。

熱海よりはむしろ、沖縄に近いような感じを受けた。白浜の特徴は、白い砂浜と、コバルトブルーの海である。もちろん、温泉地ではあるが、温泉そのものについては、詳しくは出ていなかった。

売り物はやはり、海なのだろう。

そして、林立する、現代的なホテル群。

熱海には飛行場はないが、南紀白浜には、飛行場がある。ジェット機の発着ができるように、滑走路を延ばした、近代的な飛行場である。

ただし、東京との間には、一日三往復の飛行機しか、飛んでいないらしい。

ほかにも、白浜駅の近くには、今流行《はや》りのサファリパークがある。そこには、日本でいちばん多くの数の、パンダがいるらしい。

その本には、白浜の歴史も書いてあった。

南紀白浜は、万葉の昔から、温泉地として有名だったらしい。

大和朝廷の、天皇や皇后、あるいは皇太子などが、大和から、南紀白浜温泉に、療養のために、はるばる、来ていたと、書いてある。

中でも有名なのが、有間皇子《ありまのみこ》である。有間皇子は、父親が孝徳《こうとく》天皇だったから、次の天皇の最有力候補だった。

しかし、ライバルの中大兄皇子《なかのおおえのおうじ》（後の天智《てんじ》天皇）に睨《にら》まれていたので危険を感じた有間皇子は、仮病を使い、治療のためと称して、南紀白浜温泉に、身を隠していた。

それでも、反乱を疑われて捕まり、白浜から、大和に連れ戻される途中で、殺害されてしまった。

雄介は、有間皇子の名前は、知っていたが、それ以上の、詳しいことは、何も知らなかった。

雄介は、案内書を閉じて、目をつぶった。有間皇子の不運が、現在の自分の危険に、ひょっとすると、通じているのではないかと、思ったからだった。

有間皇子は、父親が天皇である。その皇太子として生まれたのだから、次期天皇の最有力候補となることは、しごく当たり前のことである。

ライバルに大物の中大兄皇子がいたので、いつ殺されてしまうかしれない。その不安から、有間皇子は白浜温泉に引っ込んでいた。

それでも中大兄皇子は、有間皇子を決して許さなかった。

雄介自身、自分では気づかずにいるが、有間皇子と似たような境遇にいるのではないだろうかと、考えてしまう。

母は、ガンで入院中、病院で殺されてしまった。もちろん、母の美由紀は、天皇ではなく、資産家でもない。

雄介は、目を閉じて、空想、というよりも妄想をたくましくした。

例えば、と、考える。

亡くなった母は、誰か白浜にいる友だちと一緒に、年末ジャンボ宝くじを、買っていたが、そのジャンボ宝くじの、三億円に、当選した。

母と一緒に、そのジャンボ宝くじを買った友だちは、当選したことを知っていたが、母は、知らなかった。

だが、友だちが、三億円を手に入れたら母も、気づいてしまうだろう。だから、三億円をひとり占めしたくて母を殺した。

しかし法律的にいえばジャンボ宝くじの賞金の半分は、母の権利を引き継ぐ雄介のものということになるのではないか？

白浜に行くと、その宝くじのことがわかってしまうので、相手は何とかして、雄介に、白浜には行かせまいと、脅したり、一千万円をくれたりしたのでは、ないのだろうか？

一千万円もの大金と思ったが、三億円の宝くじに、当たっていたとすれば、口止め料として一千万円ぐらいは、安いものだろう。

しかし、考えている途中で、雄介は、自分で、笑ってしまった。あまりにも、荒唐《こうとう》無稽《むけい》な想像だったからである。

そのうち、雄介は、つい、うとうとと、眠ってしまった。

5

目を開けると、窓の外に、コバルトブルーの海が、広がっていた。

まだ夏休みに入っていないせいか、車内の混みようは、さほどでもない。乗っているのは、半分くらいの、乗客である。

これなら、白浜のホテルに予約していないが、まず、大丈夫だろうと、雄介は、思った。

トイレに立つ。

通路をゆっくりと、歩きながら、1号車の中を、入念に見て廻った。

二人の刑事の姿は、車両の中にはなかった。多分、隣りの車両から、自分のことを、見張っているのだろう。

そうなると、一千万円の男のことが、心配になってきた。

しかし、通路を歩く雄介に向かって、睨むように見る、客の視線は感じられなかった。どうやらこの車両に、予想する敵はいないようだ。

時刻表通りに、列車は、白浜駅に到着した。

駅は、雄介が、想像していたよりも、小さな駅だった。そのことに、雄介は、多少の戸惑いを、感じた。有名な観光地の玄関口ということから、もっと大きな駅を、想像していたのである。

改札口から、外に出る。駅の前には、こぢんまりした、商店街があった。これも、雄介には、意外だった。

たいていの、温泉地は、駅前に、土産物店や食堂などが並ぶ大きな商店街が、あるものである。

この白浜の駅前には、小さな商店街しかないのだ。

雄介は、駅前の案内所で、ホテルの予約をすることにした。案内所の中には、南紀白浜の、大きな地図が張ってあって、それを見て疑問が解消した。

白浜の温泉地帯や、円月島《えんげつとう》、千畳敷《せんじょうじき》、三段壁《さんだんべき》といった景勝地は全《すべ》て駅からかなり離れた場所にあると、分かったからである。

雄介は、案内所で、ホテルの予約を、取った。いちばん美しい海岸のところにあるホテルがいいと、リクエストして、予約を取ると、雄介は、駅前から、タクシーに乗った。

タクシーが走り出すと、温泉とか、海とかを、思わせるような、道路ではなくなって田舎の道路である。

途中で、サファリパークへの案内板が見えたが、そのまま、通過する。

雄介は、時々、後ろを、振り返った。間違いなく、タクシーが一台、尾行しているのが、分かった。

多分、あの二人の刑事を乗せた、タクシーに違いない。雄介が、案内所でホテルの予約をしている間、タクシーを止め、その中でじっと雄介が出てくるのを待っていたのだろう。

ただの田舎道を、しばらく走っていると、突然、目の前に、海が開けた。コバルトブルーの海である。

そして、近代的なホテル群が、林立している。

駅の周囲は、白浜温泉ではなかったのである。白浜温泉は、ここから、始まる、そんな感じの景色の変りようだった。

ほかの温泉地のように、和風の旅館というものは、ほとんど、見当たらない。全てが、近代的で巨大なホテルである。

目の前に広がる海は、太陽の光を受けて、きらきらと、輝いている。

タクシーは間もなく、南紀白浜で最も美しいといわれる白良浜《しらはま》に到着した。日本の渚《なぎさ》百選に選ばれた白砂の浜で、海に面したホテルだった。

雄介はタクシーを降り、ホテルの中に入っていくと、まっすぐ、フロントに行き、木下俊介という偽名で、チェックインの手続きをした。

その後、ロビーで、コーヒーを飲んだ。何となく、敵地に、乗り込んできたという緊張感を覚える。

二人の刑事は、すぐには、ホテルに入ってこなかった。雄介がこのホテルに、入ったことを、確認したので、あとでゆっくりチェックインするつもりなのかも知れない。

コーヒーを飲みながらロビーを見廻す。大きなポスターが眼に入った。七月三日に、この白良浜で、国際音楽祭をやるというポスターである。

そこには、雄介が、知っているアメリカや韓国の歌手の名前も、あった。白良浜では、毎年七月三日に、この国際音楽祭を開催しているらしい。

（そういえば、駅の近くの、案内所にも、これと同じポスターが、貼《は》ってあったな）

と、雄介は、思い出した。

主催は、白浜観光協会となっていて、後援と、書かれたところには、「梶《かじ》興業」という名前があった。

その名前に、雄介は、少しばかり、違和感を覚えた。

白浜で開催されるのだから、主催が、白浜観光協会というのは、納得できる。

しかし、後援というと、たいていは、楽器や、音楽関係のメーカーか、あるいは、もっと大きなパナソニックとか、ソニー、トヨタといった有名会社が、後援するのが普通ではないだろうか？　何といっても、国際音楽祭と名付けているのだ。

しかし、そこに書かれている梶興業という名前に、雄介は、記憶がなかった。

コーヒーを、飲み終わって、雄介は立ち上がり、まっすぐ、エレベーターに向かって歩いていった。

雄介が、東京から、持ってきたものといえば、着替えを入れた、小さなボストンバッグが一つだけである。

エレベーターに乗る。

二十階のボタンを、押してから、エレベーターの中にも、国際音楽祭のポスターが貼ってあるのに、気がついた。ロビーに貼ってあったのとは、少し違ったデザインのポスターで、ほかに、「七月五日　有間皇子祭り」とある。

古式にのっとった踊りがあるらしい。

雄介が、オヤッと思ったのは、そのポスターにも後援者の名前として梶興業の名前があったからである。

この日、夜になっても、雄介の携帯に、電話はかかってこなかったし、接触してくる人間も、いなかった。一千万円の男は、雄介が白浜に来たことを、まだ知らないのだろう。

そこで、翌日は、ホテルで朝食を済ませると、雄介は外出し、南紀白浜の、周辺を歩いてみることにした。

海岸沿いの道を、歩いていると、後ろから大型トラックが、追い越していった。そのトラックのドアのところに、丸の中に、カタカナの「カ」と書いてある印鑑のようなマークが描いてあった。㋕である。

歩きながら、周囲の景色を、眺めていると、同じように、丸にカタカナの「カ」と書いたマークのトラックが多いことに気がついた。

背中に、丸の中にカタカナの「カ」のマークの入った半纏《はんてん》を、着て歩いている人間がいる。同じマークの付いた、タクシーが、何台も走っている。

どうやら、昨日、ホテルのロビーに、貼ってあった国際音楽祭のポスターにあった梶興業のマークらしいと、気がついた。

そのうちに、雄介は、急に、立ち止まってしまった。海辺にあった岩に、腰を下ろし、じっと海に目をやった。

しかし、海を見ているのではなかった。あるショックが、雄介を、襲っていたのである。

㋕というマーク。そのマークを、雄介は、前に、見たことがあった。そのことを、今思い出したのだ。

この南紀白浜で、見たのではない。何しろ、ここに来たのは、生まれて、初めてなのだ。

東京で見たのだ。それも、雄介が子供の頃である。たしか、雄介が、まだ、小学生の頃だった。

雄介は、必死に、思い出そうとした。

母と、関係があるのだ。記憶の中に、そのマークと一緒に、母の顔が、出てくるからである。

少しずつ記憶が、蘇《よみがえ》ってくる。母が持っていたもの、それに、㋕のマークがあったのだ。

あれは、いつ、どんな形で、見たのか？

母は、普段、着物を着たことがなかった。三軒茶屋で「みゆき」という居酒屋をやっていたのに、店に出る時は、ほとんど洋服だった。

母は、息子の雄介の目から見ても、美人だった。どちらかといえば、日本的な美人である。だから、当然、和服も似合うだろうと思うのに、なぜか、雄介の記憶の中には、和服姿の母は、ほとんど、登場しなかった。

たまに、和服を着ていても、地味な無地の着物のことが、多かった。

なぜ、母は、華やかな着物を着ようとしないのか？　雄介が、そう、思ったこともあった。

あれは、雄介が、小学校一年生頃のことだっただろうか？

ある日、突然、母が、美しい着物を、着ていたのだ。なぜ、その時、華やかな美しい着物姿だったのかは覚えていない。とにかく、あの時、雄介は、母の美しさに眼を見張った。その時、帯に、あのマークが入っていたのだ。

今から考えると、あれは、派手な友禅の着物だった。

それなのに、なぜか、帯だけは、地味で、そこに、大きな㋕のマークが入っていた。

なぜ、こんな妙なマークの入った帯をしているのか、それが不思議だった。

その時、母は、ニッコリ笑いながら、小学生の雄介に、きいたのだ。

「この和服、気に入った？」

と。

だから、雄介は、いった。

「きれいだけど、その変なマークは似合わないよ」

その時母は、なぜかひどく悲しそうな顔をした。そのあと、母は二度と、その着物と帯は身につけなかった。

あの着物を、いったい、どうしたのか？　遺品を整理した時も、見なかった。捨ててしまったのか？　それとも、誰かにあげたのか？

それは、分からない。あの美しい着物を、母は、その時たった一度しか着て見せなかった。

母と梶興業は、何か関係があったのだろうか？

雄介は、道を引き返して、商店がかたまっている辺りに行き、そこに、窓ガラスに、例の、㋕のマークの並んでいる、喫茶店を見つけて、入っていった。

中年の女性が、一人でやっている、喫茶店だった。客の姿はない。

雄介は、カウンターに腰を下ろすと、コーヒーを注文した。コーヒーを飲みながら、店の女性に、話しかけてみた。

「初めて、この南紀白浜に来たんですが、丸の中に、カタカナの『カ』の入ったマークを、やたらに、目にするんです。これは、梶興業という会社のマークじゃありませんか？」

「ええ、そうですよ」

女性が、笑顔で、答える。

「梶興業というのは、この白浜で、どんな仕事を、やっているんですか？」

「いろいろですよ。白良浜で、ホテルを経営しているし、タクシーとバスの会社も、やっています。それに、飲食店とか、土産物の店も何軒か持っていますよ」

と、女性が、いった。

「それで梶興業というのはいつ頃からあるんですか？」

「かなり昔からですよ」

「二十年以上前からじゃありませんか？」

雄介は、母の、華やかな着物と、奇妙なマークの入った帯のことを、思い出しながら、いってみた。

「そうですね。もう三十年以上には、なるんじゃないかしら？　とにかくかなり、昔からですよ」

「この店も、同じマークが、入っていますよね？」

「私は、梶興業の遠い親戚《しんせき》にあたるから、この店を始めた時に、梶興業のマークを、使わせてもらうことにしたんですよ」

と、女性が、いった。

「この白浜では、このマークを、つけていると、何か、違いますか？　尊敬されたりしますか？」

「尊敬されるかどうかは、分かりませんけど、一目置かれることだけは、たしかですね」

といって、女性が、笑った。

「梶興業の社長さんというのは、どんな人ですか？」

雄介が、きくと、

「どうして、そんなことを、お聞きになるのかしら？」

と、逆に、女性が、きいてきた。

「ママさんの、お話を聞いていたら、梶興業という会社に、興味が、湧《わ》いてきたんです。それで、梶興業に、入社しようかなと、思いましてね」

「社長さんは、たしか、今年で、七十歳になるはずですよ。社を挙げて、古希のお祝いをすると、いっていましたから」

「七十歳ですか？」

「ええ。七十歳です。でも、お元気で、若々しいですよ。とても七十歳には見えませんし
「社長さんのお名前は、何というのか、教えていただけませんか？」

「梶礼介さんです。礼儀の礼と介という字。それで、礼介ですよ」

と、女性が、いった。

「梶礼介という社長さんは、何だか、怖い人みたいですね」

「どうして？」

「だって、この南紀白浜の町を、牛耳っているんでしょう？」

「牛耳っているなんていったら、社長さんは、怒ると、思いますよ。だって、社長さんは、この南紀白浜が好きで、梶興業として、これまでに、百億円は、町に、寄付しているんですからね」

と、女性が、いう。

「百億円も、寄付しているんですか？」

「ええ、そのお礼だということで町が梶社長の銅像を作って、この白浜の、いちばん美しいところに、建てたんですよ」

と、女性は、誇らしげに、いった。

雄介は、その銅像のある場所を聞いて、見に行くことにした。

その銅像は、南紀白浜のシンボルといわれる「崎《さき》の湯《ゆ》」という古湯の近くにあった。

高さは、七、八メートルはありそうである。

台座には、こんな文字が、彫ってあった。

「梶礼介氏は、日頃から南紀白浜を愛し、町のために、尽力されていましたが、今回、特に多額のご寄付を、いただきました。そのおかげで、いくつかの、南紀白浜の公共事業を推し進めることができました。

そのご尽力に対して、南紀白浜の町民を代表して、ここに、梶礼介氏の銅像を、建《こん》立《りゅう》し、その偉大さを、末永く、顕彰させて頂きます」

第五章　反応

1

雄介は、白浜到着の二日後に、それまでの方針を変えることにした。

白浜に着いてすぐの時、雄介は、自分が、この南紀白浜に来たことを、極力知られまいとした。そのため、グランドホテル白良浜にも、木下という、友人の名前を使って、チェックインしたし、ヘタな変装も、止《や》めなかった。

ところが、二日目になっても、何事も起こらない。誰かに、石をぶつけられるような、気配もないし、後ろから突き落とされる不安もない。このままでは、怖いのを我慢して、わざわざ、南紀白浜に乗り込んできた甲斐《かい》がない。

そこで、三日目から、雄介は、方針を変えたのだ。今までは、自分を隠すようにして、南紀白浜の海や、温泉地を歩き廻ったのだが、これからは自分を、表に出して、反応を見ようと思ったのである。

まず、今泊まっているグランドホテル白良浜で、やってみることにした。

朝食を済ませると、雄介は、フロントに行き、そこにいた男女のフロント係に、東京から持参した母の写真を見せることにした。三十歳の時の、珍しく着物を着ている写真と、今年、五十歳になった時の写真である。

「この写真の女性は、伊藤美由紀といいます。三十歳の時の写真と、五十歳の時の写真です。彼女が、いつかは、分からないのですが、この南紀白浜に来て、何か問題を起こしているらしいのです。彼女は東京の人間なんですが、今、病気で、入院していましてね。ここにいた時のことを、思い出して、その時、自分が、どんなことをしたのか？　その時、誰かに、迷惑をかけているのではないか？　そればかりをいうので、私が、南紀白浜に行って、調べてくる。そういって、来たんですが、この女性を見たことは、ありませんか？」

雄介の言葉で、男女のフロント係は、二枚の写真をじっと見つめた。男は、三十五、六歳、女性は、おそらく、三十歳前後といったところだろう。

しばらくして、

「申し訳ありませんが、見たことは、ありませんね。仕事柄、お客さんの顔は、よく、覚えているほうなんですが、この女性には、会ったことはありません」

と、男のフロント係が、いい、女のフロント係のほうは、

「この写真の方は、今、おいくつなんですか？」

と、逆に、きいた。

「現在五十歳です」

雄介が、答えると、

「それなら、私が、知らなくても仕方ありませんわ」

と、女のフロント係が、いう。

「このホテルに、昔のことを、知っている人は、いませんか？」

「ウチで、いちばん古い社員というと、二十階のバーのマネージャーを、やっている浅野でしょうね」

と、男のフロント係が、教えてくれた。

「その浅野さんは、昔のことを、よく知っていますか？」

「ええ、知っているはずですよ。浅野は、現在たしか六十五歳で、四十年近くこのグランドホテル白良浜で働いていますから、昔のことを、いろいろと知っているはずです」

雄介は、礼をいい、二十階まで、上がっていった。

問題のバーは、午後八時からの営業と、書かれていて、ドアが、閉まっていた。

雄介は、時間が来るまで、待っているというわけにもいかず、ホテルで自転車を借りると、南紀白浜の、海岸や温泉を回ってみることにした。

自転車に乗って、雄介が最初に向かったのは、昨日、コーヒーを飲んだ、喫茶店である。

早く来たせいか、店には客の姿もなく、ママさんが一人で、手持無沙汰《ぶさた》にしていた。

雄介はコーヒーを注文し、ここでも、母の写真二枚を、ママに見せた。

「彼女の名前は、伊藤美由紀です。旧姓は、奥村です。彼女は今、病気で、入院していましてね。僕が、これから、南紀白浜に行くといったら、自分も以前、南紀白浜に、行ったことがある。その時に、大きな事件に、巻き込まれ、お世話になった人がいる。名前を忘れてしまったので、その方のことを、調べてきてくれないかと、頼まれたんですよ。この写真の女性ですが、いつ、白浜に行ったのか、細かいことは、忘れてしまったと、いっています。ママさんは、彼女の顔に、見覚えが、ありませんか？」

「伊藤美由紀さんと、おっしゃるんですか」

と、いいながら、ママは、写真を見ていたが、

「あなたのお母さん？」

と、きく。

「いや、そうじゃありません。僕が尊敬する絵の先生の、奥さんです」

雄介は、ウソをついた。が、ママが、信用したかどうかは分からない。

「この女性が、いつ、南紀白浜に来たのか、分からないんですか？」

「ええ、忘れたといっています。二十代の頃ではないかと思うのです」

「本当に、あなたのお母さんじゃないんですか？」

「違いますよ。今もいったように、尊敬する絵の先生の奥さんです」

「でも、顔立ちが、あなたに、よく似ていらっしゃるわ」

と、店のママが、いう。

「そうですか。似ていますか？」

「もう一度お聞きしますけど、いつ、この南紀白浜に来たのか、分からないんです

か？」

「ええ、そうなんです。彼女が二十代の頃だったんじゃないかと、思うんですが、はっきりしません」

「白浜に来た時に、何か、事件があった。そうなんですか？」

「実は、彼女、軽い認知症にかかっているんですよ。それで、南紀白浜に来たことは、覚えているのに、その時期が、分からないといっています。ただ、その時に、何か事件があって、それに巻き込まれてしまい、南紀白浜の皆さんに、いろいろ迷惑をかけてしまった。そんなふうに、いっているんです」

「今、おいくつなんですか？」

店のママが、きく。少しばかり、乗り気になってきた感じである。

「今、五十歳です。彼女が、南紀白浜に、来たのは、たぶん、二十年から三十年くらい前の話だと、思うんですよ。彼女が二十代の時の話でしょう」

と、雄介が、いった。

「その時、この人は、何の用事で、南紀白浜に、来たのかしら？」

ママが、続けて、きく。

かなり興味を持ったらしい感じだった。

8月のトピックス

2021 AUG.

新潮文庫

ホームページ
https://www.shinchosha.co.jp/bunko/

祝 しゃばけ20周年

病弱な若だんなが愉快な妖たちとお江戸の難事件を解決! 畠中恵氏による大人気シリーズしゃばけの20周年を記念し、毎月の新刊チラシの表紙に若だんなや鳴家が登場してキュンタと共演! 季節ごとのお話をどうぞお楽しみに。

今月のイチオシ

爽やかな感動を呼ぶ、稀代のストーリーテラーが描く永遠の少年小説。

百田尚樹『夏の騎士』

小学六年生の夏。クラスの落ちこぼれのぼく、健太、陽介の三人組は「騎士団」を結成した。

憧れの美少女、有村を守るため、隣町で起きた少女殺害事件の犯人探しを始めるが――。

…ゃん」シリーズでおなじみ益田ミリ
…作、お仕事漫画登場!

…よ』

…らな

506

数学者たちの楽園

「ザ・シンプソンズ」を作った天才たち

サイモン・シン

青木薫訳

990円

…977-4

イランとロシアとが結託する策謀。

密約の核弾頭

マーク・キャメロン

田村源二訳

核ミサイルを積載したロシアの輸送機が略奪された。大統領を陥れる驚天動地の陰謀とは? ジャック・ライアン・シリーズ新章へ。

(上)880円 (下)935円

247275-0／76-7

働く…

共感…

同じ職…

三人の女性達の…

人気お仕事漫画、待望の…

605円

103141-5

73…円

121653-9

「すーも…

文庫最新作…

注目の新刊

益田ミリ『マリコ、うまくいく』

社会人2年目、12年目、20年目……。こんな風に思うのは私だけじゃないんだ。働く「マリコ」の声に共感が止ま…い。読めばじわりと勇気が湧いてくる、大人気お仕事漫画が文庫化。

世界中に感動を与えた美智子様のご講演録『橋をかける』誕生秘話!

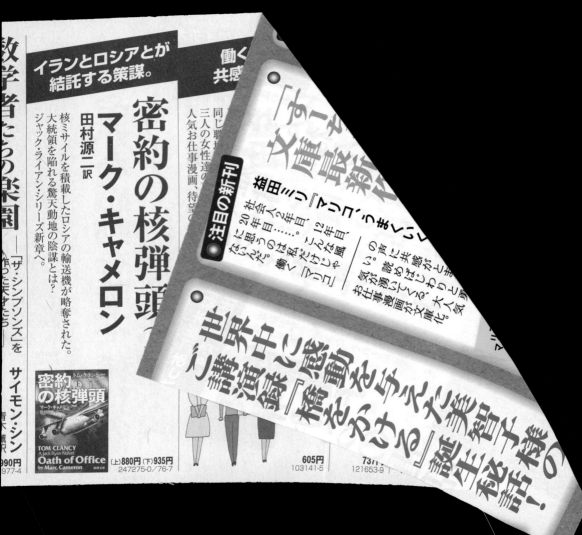

今月のフェア

没後40年。私たちの大好きな向田邦子さんよ、もう一度。

作家・脚本家の向田邦子さんが突然わたしたちの前から消えてしまって40年。ユーモアと温かみと辛辣さで日本人の心に残る作品を遺してくれた不世出の作家の代表作を再読したい！『思い出トランプ』から『寺内貫太郎一家』まで。

話題の本

夫の急死、息子の障害、移住した岩手での震災。彫刻家・舟越保武の長女に生まれ、高村光太郎に「千枝子」と名付けられ、数々の名作を世に出した編集者が波乱に満ちた半生を綴る。

「それは、分かりません」

「ほかに、南紀白浜のことで、覚えていることはないんですか？」

「その写真のように、彼女は、和服が似合う女性なんです。それから、西陣の帯も持っていて、それを、自慢にしていました。その帯なんですが、丸の中に、カタカナのカが大きく刺繍《ししゅう》してあるんですよ。ただ、本人は、軽い認知症なので、どうして、自分の持っている西陣の帯に、そんな、刺繍がしてあるのかを覚えていないんですよ」

この雄介の言葉で、ママの顔色が、少し変わった。

急に、店の奥に引っ込むと、すぐに、戻ってきて、手に持った西陣の帯を、雄介の前に、置いた。

その帯にも、丸の中に、カタカナのカの字が入った刺繍が、施されていた。

「もしかして、お客さんが見たというのは、この刺繍ですか？」

と、ママが、きく。

「ええ、これですよ。これと、全く同じ帯を、彼女は持っているんです。それを、とても、大事にしています」

雄介は、その帯を手に取って、

「この帯は、どんな時に、使うものなんですか？」

「どんな時って、どういう意味かしら?」

少しばかり改まった口調になって、ママが、きく。

「昨日、ここに来て、聞いた時には、この南紀白浜に梶興業という、大きな会社があって、社長の梶礼介さんは、この町に、百億円もの、寄付をしたという話でした。そのお礼の意味で、南紀白浜の人たちが、お金を出しあって、銅像を建てたんでしょう? 見に行きましたよ。七メートルか八メートルはある、大きな、銅像でした。たしか、あなたは、その梶家の関係者だといっていらっしゃいましたね? 梶家と関係のある女性たちが、例えば、梶社長の誕生日の時などにこの帯を締めて、梶社長に挨《あい》拶《さつ》に行くんじゃありませんか? そんなふうに、考えてみたんですが」

雄介が、いうと、相手は、急に笑い出した。

「そんなに、大きな意味を持った帯じゃありませんよ。私なんかは、ただ単に、この図柄が、シャレていて面白かったので、作ってもらっただけの話ですよ」

と、いう。

何か急に、相手が警戒して、引いてしまったような感じがした。

やはり、母と梶興業には、何か接点があったのだろう。

その直後に、観光客らしい中年の女性たちのグループが、入ってきたので、雄介は、質問を止めて、いったん、店を出ることにした。

2

次に、雄介が向かったのは、白浜駅のそばにある派出所だった。

派出所には、二十代の若い警官がいた。

観光地の、派出所らしく、ちょうど列車が、到着して、降りてきた乗客の中には、

「サファリパークに行くのには、どう行ったらいいのですか？」

などと、道をきく若いカップルがいるかと思えば、

「この南紀白浜のお土産を、買いたいんですが、どんなものが、いちばん、喜ばれますか？」

と、きいている家族連れもいる。

雄介は、観光客が、いなくなったのを見計らって、派出所に入っていき、

「人を探しているんですが、助けていただけませんか？」

と、声をかけた。

野々村《ののむら》という、若い巡査が、

「誰かが、行方不明なんですか？」

「行方不明では、ないのです」

雄介は、母の写真を、見せた。

「この女性は、私の叔母なんですが、年齢は、五十歳です。二十代の頃、南紀白浜で事件に巻き込まれ、大変お世話になった人がいる。その人のことを、知りたいと、いうんです。彼女は、認知症気味なので、いつごろのことか、どういう事件だったのか、思い出せないんです。自分で調べた限りでは、見つかりません。何とか、探していただけませんか？」

「叔母さんの名前は、何と、おっしゃるんですか？」

「伊藤美由紀です。旧姓では、奥村美由紀。大阪出身で、今は、東京の世田谷に住んでいます」

「間違いなく、この南紀白浜に、来ているんですね？」

「ええ、来ているはずなんです。ただ、今申し上げたように、軽い認知症を、患《わずら》っていますから、いつこちらに来たのか、思い出せないのです」

と、雄介が、いった。

「とにかく、探してみましょう」

と、野々村巡査が、いい、

「何か分かったら、すぐ連絡をしますので、あなたの名前と、連絡先をいっておいてください」

雄介は、グランドホテルで、使っている名前、木下俊介を、口にした。それから、写真を預け、自分の携帯電話の、電話番号をいい、

「よろしくお願いします」

と、頭を下げた。

3

間もなく、午後七時なので、雄介は、夕食を食べようと、駅前の商店街の中にある、中華料理店に入った。二階に上がって、ラーメンと、餃子《ギョーザ》を注文する。

二階から見ると、ちょうど、目の前に、白浜駅が見えた。

雄介は、箸《はし》を、動かしながら、時々、駅のほうに、目をやった。

列車が到着すると、観光客がバラバラと降りてくる。まだ、旅行シーズンに入ったばかりで、時間も遅いせいか、降りてくる客の数は、それほど、多くない。学校が、

夏休みになれば、家族連れが、ドッと降りてくるのだろう。

その日の夜、雄介は、泊まっているホテルの、二十階にあるバーに行ってみた。

午後八時に、オープンした、その直後に行ったので、まだバーに客の姿はない。

雄介は、カウンターに、腰を下ろすと、六十五、六歳に見える、小柄なマネージャーに、まず、ハイボールを注文してから、

「フロントで聞いたら、浅野さんは、この南紀白浜の、お生まれで、誰よりも、南紀白浜の町のことについて、詳しいと聞いたんですが」

雄介が、声をかけた。

マネージャーの浅野は、笑って、

「南紀白浜の町に、詳しいかどうかは分かりませんが、たしかに、この町に、生まれて、この町で育ち、今、六十五歳ですから、少しは、知っているかも知れません」

「実は、この女性を見たことがあるか、おききしたいんです」

雄介は、三十歳の母の写真を、マネージャーに、見せた。

「名前は、伊藤美由紀、旧姓は、奥村です。この南紀白浜が好きで、今までに、訪ねていった温泉地の中では、いちばん、素晴らしいと、いっているんです」

「それは、嬉《うれ》しいですね」

「この写真の女性を、見たことはありませんか？」

「この女性が、ここ白浜の町で、いなくなったということですか？」

浅野が、きく。

「実は、彼女、今は五十歳で、認知症の気があるのです。かつて、南紀白浜に来て、大きな事件に、巻き込まれた。その時、お世話になった人がいる。その人が今、どうしているか知りたい、というんです。浅野さんは、南紀白浜のことに、詳しいと聞いたので、彼女のことを、どこかで、見かけたことがないか、それを、おききしたいのです」

「いつ頃、この写真の方は、白浜に、来られたのですか？」

「三十年近く前だと思うのですが、それが、はっきりしないのです。それで、苦労しています。浅野さんは、このバーのマネージャーをやっているし、ご自宅は、南紀白浜にあるんでしょう？」

「ええ、白浜駅の近くの、マンション暮らしです」

「この女性に、心当たりがあるとか、知っている人がいたら、僕に電話を、くださいませんか？　よろしくお願いします」

雄介は、自分の、携帯の番号を、浅野に教えた。

「失礼ですが、この女性、お客さんの、お母さんですか?」

と、マネージャーが、きく。

「いや、違いますが、どうしてですか?」

「よく、似ていらっしゃるから」

「僕の叔母ですよ」

「それは、どうも、失礼しました」

「僕にとっては、大事な叔母なので、何とかして、その人を、見つけ出したいのです。今もいったように、認知症の気があるので、なるべく早くに」

と、雄介は、重ねて、いった。

4

雄介にしてみれば、何とかして、母のことを、いろいろと、知りたくて、少しばかり、怖いのを我慢して、ホテルの従業員や、南紀白浜の町の喫茶店や、駅前の派出所に、布石を打ったのだが、ホテルの部屋に戻ってからも、何の反応もない。

明日は、もう少し、範囲を広げて、母について、きいて廻りたい。梶興業にも、例の帯についてききたい。

　そのつもりで、ベッドに、入ったのだが、夜半過ぎに突然、携帯が鳴った。

　雄介は、寝たまま、手を伸ばし、テーブルの上に置いた携帯を取って、耳に当てた。

　相手は、

「木下さんか？」

　と、雄介が、このホテルで使っている偽名をいい、

「本名じゃないんだろう？」

「本名かどうかを、いう必要は、ないだろう？」

「まあ、そんなことは、どうでもいい。あんたは、伊藤美由紀という女のことを、あちこちで、きき廻っているようだな？」

「彼女について、何か、知っているのか？」

「いろいろと、知っているよ」

「じゃあ、今、話してくれ」

「電話じゃダメだ」

「どうして？」

「人には、あまり、聞かれたくない話だからな。それに、そっちの電話が、盗聴され

ていることだって考えられるんだ」

「どうしたら、話してくれるんだ？」

「金はあるな？」

「ある程度の金なら、持っている」

「分かった。それなら、また、電話をする」

「いつ、電話をしてくれるんだ？」

「慌《あわ》てるなよ。明日の、昼十二時までにまた電話をする」

そういって、男は、電話を切った。

5

○伊藤雄介は、グランドホテル白良浜に、木下俊介という偽名で、チェックインしていること。
○外出して、出歩く時には、帽子をかぶり、サングラスをかけて、変装していること。
○どうやら、殺された母親と、この南紀白浜とが、何らかの、関係にあると考え、それを、調べるために、こちらに来たらしいこと。
○偽名を使ったり、顔を隠すような姿で、外出しているのは、やはり、東京で、命を狙《ねら》われたかららしいこと。

十津川警部は、南紀白浜にいる三田村と、北条早苗刑事の二人から、このような、報告を、受けていた。

そして、今朝、東京にいる十津川警部に、二人から、電話が入った。

「昨日から急に、伊藤雄介の様子が、変わりました」

「どんなふうに、変わったんだ？」

「反応のないことに、苛立《いらだ》ったのではないかと思いますね。積極的に、ホテルや喫茶店、白浜駅前の派出所に、顔を出して、母親の写真を見せ、この女性を、見たことがないかを聞いて、廻っています」

「それで、どんな反応が、出ているんだ？」

「それはまだ、分かりませんが、今日はまだ、伊藤雄介は、部屋から出ていません」

「伊藤雄介の母親と、南紀白浜は、どんな関係が、あるんだ？」

「今、それを、調べているところです。詳しいことは、まだ分かりませんが、ただ単に、彼の母親が、南紀白浜に来て、何日かを、過ごしたというだけのことでは、ないような気がします。何もなければ、母親が殺されるようなことは、なかったと思うのです。何か問題になる事件が、起きたのだと思っています。現在、こちらの警察で、それを、調べてもらっています」

「君たちの、推理が当たっているとすると、伊藤雄介は、少しばかり、危険な場所にいることになるな」

「そう思います」

「二人とも、くれぐれも、気をつけて、伊藤雄介を、守ってやってくれ」

と、十津川が、いった。

6

午後十二時、雄介に、電話が入った。昨夜と同じ男の声である。

「これから、白浜駅に行き、13時17分発の『くろしお9号』に乗れ。先頭車両の1号車に乗るんだ。その1号車の車内で、あんたが欲しい、伊藤美由紀の情報を伝えてやる」

「白浜13時17分発の『くろしお9号』だな？」

「同じことを二度も聞くな」

男は、あっさり電話を切った。

雄介は、時刻表で調べてみた。

白浜13時17分発の「くろしお9号」という特急がある。新宮行きで、白浜の次は、周参見《すさみ》13時37分、串本14時11分、古座《こざ》14時19分、紀伊勝浦14時40分、終点の新宮着は、14時55分になっている。

六両編成で、1号車は、グリーン車である。

電話をしてきた男は、列車については、ウソを、いっていないことが、わかった。

ただ、そのほかのことについては、今のところ全く信用できない。

しかし、ここは、男のいうままに、列車に、乗ってみるより仕方がないだろうと、雄介は、思った。

雄介が、ホテルを、出ようとすると、フロントに、呼び止められた。

フロント係は、一通の封筒を、雄介に渡しながら、

「男の方から、木下様に、これを渡してくれといわれました」

白い封筒の表には、雄介が、使っている偽名の木下俊介の名前が、書かれている。

中を見ると、紀勢本線の切符が、入っていた。

雄介は、フロント係に、礼をいい、タクシーを呼んでもらった。

タクシーで、白浜駅に、向かう。駅には、十三時、午後一時ちょうどに、着いた。

新宮行きの「くろしお9号」は、白浜に、13時15分に着き、13時17分に、発車する。

雄介は、封筒から、切符を取り出して再確認した。

たしかに「くろしお9号」の1号グリーン車の切符である。行き先は、終点の新宮に、なっている。

13時15分、定刻に「くろしお9号」が到着した。

「くろしお」という名前だが、「オーシャンアロー号」の車両を、使っていた。白と青のツートンカラーで、先頭車両が、イルカかカエルを、思わせる、いささかユーモラスなデザインの列車である。

列車は、カーブでも、速度を落とさずに走れるという振り子型で紀勢本線を約百三十キロのスピードで走れるという車両である。

雄介は、1号車に、乗った。

1号車はグリーン車で、パノラマ車両という名前が、ついている。窓が大きく、前方を見ると運転席ごしに、進行方向の景色が、パノラマ状に見えてくる。

ウィークデイの上に、多くの乗客が、白浜で、降りてしまったせいで、1号車のグリーン車は、がらんとしていた。

その中間辺りの座席に、雄介は、腰を下ろした。

1号車の5A、窓際《まどぎわ》の席である。

列車が、動き出して五、六分すると、隣の席に、中年の男が腰を下ろした。

「木下さん、いや、伊藤雄介さんだね？　間違いないね？」

男が、声をかけてきた。

「電話をくれたのは、あんたか？」

と、雄介は、名前については無視して、きき返す。

「そうだ」

「僕の母のことを、知っているのか？」

「会ったこともあるし、いろいろと、話をしたこともある」

男は、思わせぶりに、いった。

「新宮まで行くと、母のことが、分かるのか？」

「向こうで、ぜひとも、あんたに、会わせたい人がいてね。その人は、俺なんかよりも、ずっと、伊藤美由紀さんのことを、知っている人間だ」

相手は、話しながら懐《ふところ》から封筒を取り出した。

「ここに、伊藤美由紀さんについて、俺が、知っている限りのことを、全《すべ》て書いておいた。これを、読んでから、新宮で、問題の人に、会ったほうが、さらによく、分かる筈《はず》だ」

男は、封筒を、雄介に渡してから、

「俺がそばにいたら、あんたも、読みにくいだろう。しばらく2号車に行っているから、その間に、ゆっくり、読んでくれたらいい」

男は、席を立った。

雄介は、その封筒から、中味を取り出して、目を、通した。

「初めて、伊藤美由紀さんに会ったのは、今から三十年近く前だったと記憶している。夏の暑い日で、白良浜で、恒例の、ミス白浜コンテストを、やっていた日である。このコンテストには、白浜に、遊びに来ていた観光客でも、自由に、参加できるということで、伊藤美由紀さんが参加したのである。

その時たしか、彼女は、二十歳くらいだったと思う。

コンテストには、地元白浜の女性と、遊びに来ていた、観光客の女性で、合計三十人参加したと、覚えている。その中でも、最初から、伊藤美由紀さんは、飛び抜けて、美しかった。

コンテストのスポンサーは、梶興業で、社長の梶礼介氏が、五人の審査員の一人として、出席していた。

伊藤美由紀さんは、あっさりと予選を勝ち抜き、最後の決勝に、なった」

そこまで読み終わった時、雄介は突然、背後から、肩を叩《たた》かれた。

振り向くと、若い女性が、いきなり、警察手帳を、突きつけてきた。

名前は知らなかったが、東京でも、雄介をマークしていた、女性刑事である。

警察手帳で、北条早苗という名前が、分かった。

「すぐ出ましょう」

いきなり、早苗が、いった。

雄介が理由がわからず、

「えっ」

という顔をすると、今度は、腕をつかまれて、無理やり、座席から立たされた。

「すぐ逃げるんです。さもないと、あなたは死ぬわ」

と、早苗が、いう。

それでも、まだ、わけが分からない雄介が、呆然《ぼうぜん》としていると、

「その座席には、爆弾が、仕掛けられているはず」

と、早苗が、いった。

「どうして？」

雄介はとんちんかんな聞き方をした。

北条刑事のほうは、明らかに、イライラした表情になって、

「あなたが、座っている、その座席の下に、爆弾が、仕掛けられているんですよ。とにかく、すぐに、逃げなさい！」

と、怒鳴った。

依然として、わけが分からないままに、雄介は、ふと、危険を感じて、北条刑事に従って、隣りの2号車に向かって通路を走った。

ドアを開けて、デッキに出た途端に、1号車の車両の、中間辺りで、爆発が起きた。

列車がゆれ、急停車する。

振り向くと、1号車の車内が、白煙で真っ白に、なっていた。

何人かいた乗客は、はたして、無事なのだろうか？

そのことが心配になった。

雄介が、北条早苗に、それをいうと、

「1号車には、全部で、五人しか乗客がいなかったし、あなた以外の、乗客は避難させたから、大丈夫」

と、いってくれた。

「どうして、あの座席に、爆弾が仕掛けられていると、分かったんですか?」

雄介が、きいた。

「爆弾が仕掛けられているかは分かりませんでしたけど、あなたを、この列車に、誘った男がいるでしょう?」

「ええ」

「あの男は、あなたに、あの座席に、腰を下ろさせた後、すぐに、白浜の次の周参見駅で降りたんですよ。一緒に、新宮まで行くはずだったんでしょう? その人間が、あなたをあの座席に、座らせた後で、すぐに次の駅で下車するなんて、これはおかしい。そう、思うのが当然でしょう。考えられるのは、1号車に、爆弾でも仕掛けた可能性があったこと。だから、男は、逃げた。そう考えただけです。とにかく、無事でよかった」

やっと、北条刑事がほほ笑んだ。

「これから、僕は、いったい、どうしたらいいんですか？」

と、雄介が、きいた。

「新宮まで行くことは、ありませんよ。終着までの切符を、あなたに渡したのは、とにかく、この列車の中で、あなたを殺すための時間かせぎだから、行先の新宮には、何の意味もない筈です。すぐ降りて、白浜に戻りましょう」

と、北条刑事が、いった。

しかし急停車した「くろしお9号」は、なかなか、走り出す気配がなかった。

「僕を新宮に誘った男は、何者なんですか？」

と、雄介がきく。

「それは、分かりませんが、周参見で降りたので、連れの刑事が、尾行しています」

と、北条早苗刑事が、いった。

1号車の煙が、少しずつ、消えていく。

雄介が座っていた座席は、二席が連結されているのだが、二つの座席が、見事に吹き飛んで、反対側の、側面にぶつかっていた。

1号車の、窓ガラスは、何枚かが、割れてしまっている。

ただ起動部分には、損傷がなかったらしく、しばらくすると、「くろしお9号」は、ゆっくりと、動き出した。

ただし、スピードは、出さない。のろのろとした、運転である。

次の、串本駅が近づいてきて、「くろしお9号」は、ホームに停車した。

「降りましょう」

と、北条刑事が、雄介を、促した。

ホームには、まだ、地元の警察は来ていなかった。

「とにかく、白浜に、戻りましょう」

北条刑事が、いい、駅前でタクシーを拾って、白浜に、戻ることになった。

タクシーの中で、北条刑事が、携帯を取り出し、同僚の、三田村刑事に、電話をする。

「今、どこ?」

「まもなく、白浜だ」

「例の男は、しっかりと、尾行してるの?」

「ああ、尾行中だ。男は、周参見駅から、タクシーを拾って、白浜に向かっている」

「できたら、その男の身元が、知りたいわ」

北条刑事が、いった。

雄介と北条刑事の乗ったタクシーが、白浜駅前に着くと、三田村刑事が、二人を、待っていた。

三田村刑事が、二人を、駅のそばの、喫茶店に連れていった。その二階で、向かい合って腰を下ろすと、

「例の男のこと、何か、分かったの？」

北条刑事が、三田村に、きく。

「白浜温泉の、入口のところに、昔、白浜一のホテルだったという、豪華なビルがあってね。そのビルは、改装されて、この辺り一帯の、建築を引き受けている、梶興業の本社になっているんだ。例の男は、その梶興業の社長、梶礼介の個人秘書で、名前は、山本光男《やまもとみつお》と、分かった」

「梶興業といえば、この周辺では、いちばんの、建築会社じゃなかったかしら？」

「その通りだ。この周辺のビル、道路、橋などの建設、そのほか、交通業界や飲食店経営など、多角的に関わっている。梶社長は、その会社のボスだ」

「その梶興業の、社長秘書が、どうして、伊藤雄介さんを、殺そうとしたのかしら？何か心当たりが、ありますか？」

北条早苗刑事が、雄介を見た。

雄介は何を話すべきか迷った。

今日に限っていえば、目の前の北条早苗刑事に、死ぬところを、助けられたという恩がある。

そこで、今までに、分かったことは、全て、正直に、話すことに決めた。

「亡《な》くなった母は、この白浜に、若い頃、来たことが、あるらしいんですよ。母が大事にしていた、京友禅の着物があって、その帯なんですが、それに、梶興業の会社のマークが、刺繍されていて、それを、嬉しそうに着ていたのを、小学校の時に、見て、今でも、覚えているんです」

「たぶん、その時に、あなたの、お母さんは、この白浜で、何か、秘密を見てしまったんでしょうね。それで、今になって、入院先の、病院で、殺されてしまった。そう考えるのが、妥当だと思う」

と、北条刑事が、いった。

「これが、梶興業の社長梶礼介という男だ」

三田村は、一枚の顔写真を、二人の前に、置いた。

「この写真は、五十歳の時のもので、現在は、七十歳に、なっている」

「こんな写真が、よく、手に入ったわね」

北条刑事が、感心したようにいうと、三田村は、笑って、

「その気になって、探せば、町の至るところに、梶社長の写真が、張られているよ。何しろ、梶社長は、ポケットマネーから百億円を、この南紀白浜の町に、寄付しているんだからね」

「百億円」

と、つぶやきながら、北条刑事は、じっと、梶社長の写真を、見ていたが、

「どこか、この写真の人、あなたに、似ているわ」

と、雄介に、いった。

三田村刑事も、改めて、写真と、雄介を見比べるようにした。

「たしかに、どこか、似ているね。鼻から口元の辺りが、特にね。ご本人は、そう思わないかな？」

「僕には、伊藤雄一郎という父が、いましたから」

と、雄介が、いった。

「でも、すぐに、お母さんと、離婚してしまったんでしょう？」

「僕が生まれてすぐ、両親は、離婚しました」

「その伊藤雄一郎さんという、お父さんは、もう亡くなっているのよね?」

と、北条刑事が、きく。

「はい、そう聞いています」

とだけ、雄介が、いった。

「もし、あなたの、本当の父親が、伊藤雄一郎さんではなくて、梶興業の、梶礼介だとしたら、これまでの事件について、何となく、説明がつくような気がするわ」

と、北条刑事が、続けて、

「死んだ、伊藤美由紀さんが、若い時、たまたま、この南紀白浜に来ていて、梶興業の社長と知り合い、そして、結ばれた。その時に授かった子供が、あなた、伊藤雄介さんということに、なってくる。そうなれば、なおさら、今までの事件に、近づいたような感じがするわ」

北条刑事が、自信を持って、いった。

「『くろしお9号』が、爆破された件ですが、僕は、警察に行って、何かいわなくちゃいけないいんじゃないでしょうか? 何しろ、僕が狙われたんですから」

雄介が、いうと、二人の刑事は、顔を見合わせてから、三田村が、

「今は、あなたは、黙っていたほうがいいと、思いますよ」

「どうしてですか？　警察の捜査の協力をしなくても、いいんですか？」

「もちろん、協力をしていただけるのはありがたいですが、今は、黙っていたほうがいいと思いますね」

「梶社長の秘書の山本という男が、あなたを『くろしお9号』に乗せて、車内で殺そうとした。しかし、あなたは、助かった。当然この事件は、新聞やテレビで、報道されます。そうなれば、あの男は、必死になって、あなたを探すと、思うのですよ。そのあなたが、警察にも名乗り出ていないし、行方が分からないとなれば、連中は、なおさら不安に駆られ、ミスをおかす。そうなっていけば、自然に、今回の事件の真相が、明らかになっていくと、私は思っているんですよ。あなただって、事件の真相を、知りたいでしょう？」

と、三田村が、いう。

「もちろん、誰が母を殺したのか知りたいですよ」

「それなら、やはり、二、三日、行方をくらますことにしたほうがいい。あなたが、行方不明になったら、あなたを殺そうとした人間たちが、どんなふうに、動くか、それを、見てみたいんです」

「しかし僕は、グランドホテルに、帰れなくなりますね？」

「二、三日のことですよ。とにかく、行方不明になるんです」

「しかし、どうやって、姿を隠したらいいんですか?」

「白浜の隣に、田辺市が、あります。そこの警察署に、しばらく、隠れていてもらえませんか? そちらに、話しておきますし、警察署ならば、安全です。あなたが、そこにいる間に、私たち二人が、この南紀白浜で、梶興業という会社や、梶社長個人について、徹底的に、調べてみます。何か分かったら、すぐに、お知らせしますよ」

と、北条刑事が、いった。

田辺に行くことが、決まった後、雄介は、山本という男から、渡されていた手紙を、二人の刑事に見せることにした。手紙のことを、雄介は、すっかり、忘れていたのである。

「あの男から、これを、読んでおけといわれたんです。読んでおいたほうが、新宮に行ってから、いろいろと、話しやすい。そういわれて渡された手紙です」

「その手紙を、読ませておいて、自分は、列車から逃げる。その直後にあなたの座っていた座席を爆発させる。それは、明らかに、時間稼ぎのために、あなたに渡した手紙ですよ」

三田村が、いった。

「しかし、ここには、母のことが、書いてあるんです。本当かどうかは、分かりませんが」

と、雄介が、いった。

「それじゃあ、ぜひ、それを、読ませてください」

と、三田村が、いった。

三田村は、封筒の中身を、取り出すと、目を通し始めた。

最初は、大雑把に、読んでいたらしいが、そのうちに、次第に、真剣な表情になっていった。

「この手紙を読んでいて、どんな、感じでしたか？」

三田村が眼を上げて、雄介にきく。

「たぶん、本当のことだと思いました。今、刑事さんがいわれたように、その手紙は、僕を、あの座席に、腰を下ろさせておくために、書いたものだと思うのです。ですから、全くの、ウソが書いてあったら、僕は、興味を失って、席を立ってしまう。ですから、本当のことが、書いてあったんじゃないでしょうか。だからこそ、僕は、その手紙を、しばらく、読んでいたんです。もし、あの時、北条刑事が、助けてくれなかったら、僕は、その手紙を読みながら、死んでいたに、違いありません」

「この手紙、こちらで、預かっていて構いませんか？」

三田村が、きいた。

「それを、どうするんですか？」

「この手紙に書いてあることの、どこが、本当で、どこがウソなのか？　あなたを、田辺の警察署に預けた後、北条刑事と二人で、それを、調べてみるつもりです。それで、この手紙を、預かっておきたいんです」

と、三田村が、いった。

7

雄介は、二人の刑事と一緒に、田辺の、警察署に行った。

話が決まり、丸二日間、田辺警察署に、厄介になることになった。

二人の刑事は、伊藤雄介を、田辺警察署に、預けるとすぐ白浜に、戻った。

「まず、何から調べたらいいのか？」

北条刑事が、呟《つぶや》いた。

「梶社長の秘書が、伊藤雄介に渡した、この手紙だけどね、まず、この手紙に、本当のことが、書いてあるかを、調べてみたい」

「どうやって？」

「この手紙に、今から、三十年近く前の夏に、白浜で、ミス白浜コンテストが、行われたと書いてある。それは、飛び入りで、参加してもいいことになっていて、殺された伊藤美由紀が、参加したと、書いてあるんだ。まだ、彼女が、二十代になりたての頃だ。だからまず、この、ミス白浜コンテストが、本当に、その頃に行われて、それに、伊藤美由紀が、参加していたかどうかを、調べてみようじゃないか」

と、三田村が、いった。

「調べるとしたら、いちばんいいのは、地元の、新聞社ね」

と、北条早苗が、いう。

二人は、地元新聞社の、南紀新報社を訪ねた。駅から歩いて、十二、三分のところにある小さな新聞社である。

二人が、警察手帳を、見せて、

「この白浜で行われているミス白浜コンテストなんですが、今から、三十年ほど前にも、行われたかどうかが、知りたいのですよ」

早苗が、きいた。

今西というデスクが、二人の質問に、答えてくれた。

「毎年八月の、第一日曜日に今もやっていますから、三十年前にも、行われていましたよ」

と、いって、古い新聞を、探してくれた。

今は全て、パソコンに、取り込んであるので、三十年前の、新聞記事も、画面の中で探すことになる。

八月の、第一日曜日に行われたミス白浜コンテストを報じているのは、コンテストの翌日の、新聞である。

二十九年前の、社会面に、コンテストの模様を、伝える写真が、大きく掲載されていた。

最終選考には、五人の女性が、残っていて、その中には、間違いなく、伊藤美由紀も写っていた。旧姓では、奥村美由紀、当時二十一歳である。

しかし、このコンテストでは、奥村美由紀は、優勝していなかった。準ミス白浜に、なっていたのである。

優勝したのは、東京からやって来た、女子大生だった。

優勝者の名前は、野村樹里《じゅり》。当時、二十二歳。東京のN大学で、フランス文学を専攻する三年生だと、記事には、書いてあった。

この時の審査員は五人で、審査員席の中央には、当時四十一歳だった、梶興業の社長、梶礼介が写っていた。

「奥村美由紀が、準ミスだったというのは、意外だった。少しがっかりだよ」

と、三田村が、いった。

「優勝したほうが、何か、事件が起こりそうなんだけど、準優勝では、無視されてしまうんじゃないかな？」

「そうでもないわ」

と、早苗がいう。

「例えば、この審査員席の、中央に座っている梶社長が、最終選考に、残った五人の女性の中で、奥村美由紀を気に入っていたとするわね。もし、私が、梶社長だったら、気に入っていた女性は、優勝させない」

「どうして？」

「写真を、撮られたり記者会見をしたりで、一日中引っ張り回されるから、梶社長のそばには、なかなか来ることが、できない。その点、準優勝なら、梶社長が、連れ回しても、誰も、気にしないんじゃないかしら？」

と、早苗が、いった。

「優勝者の野村樹里という女性ですが、優勝した後は、どうしたんですか？」

三田村が、今西デスクに、きいた。

「当然、忙しくなります。和歌山県知事に挨拶《あいさつ》に行ったり、地元のテレビ局に出演したり、急に、忙しくなるので、中には、体を、壊してしまう人もいますよ」

今西デスクが、いった。

「準優勝者は、どうなるんですか？　優勝者と一緒に、和歌山県知事のところに、挨拶に行っても、仕方がないでしょう？　何しろ、誰だって、優勝者のほうに、話を聞きたがりますからね」

と、三田村が、きいた。

「そうですね。このコンテストは、梶興業というよりも、梶社長個人が、スポンサーですからね。準優勝者は、梶社長と一緒に、食事を取ったと、思うんですよ。例年、そうしていますから」

と、デスクが、いった。

「そうすると、この年の準優勝は、奥村美由紀ですから、この女性が、梶社長と一緒に、食事をしたわけですね？」

「ええ、そうです」

「当時、梶社長は、四十一歳。あなたから見てどうですか、女性にモテる人でしたか?」

と、早苗が、きいた。

「なかなか、貫禄《かんろく》もあって、女性には、モテましたよ。第一、金払いがきれいだったから」

「例えば、二人が、妙な仲になったことは、ありませんか?」

と、三田村が、きいた。

今西デスクは、考えていたが、

「そういうことは、お答えしにくいですね」

「しかし、新聞記者のあなたから、見ていれば、二人の仲が、どうにもおかしい。そのくらいのことは、察しが、つくのでは、ありませんか?」

今西デスクは、急に、ニッコリして、

「そりゃ、もちろん、二人を、見ていれば分かりますよ」

「この年の梶社長と、準優勝の、奥村美由紀とは、どうだったんですか? それを、教えて下さい」

「そこまでは、覚えてません。だけど、一つだけ、分かることが、あるんですよ。ある女性と、梶社長が、妙な関係に、なったとしますよね。そうすると、梶社長は、高価な京友禅を相手に贈るのです。もちろん、仕立ずみの着物で、西陣の帯になります。その帯には、丸の中に、カタカナのカを書いた、刺繍《ししゅう》が施されています。もし、和服一揃《ひとそろ》いが、贈られていたら、その時の、準優勝の女性と社長とは、関係が、できたとみていいと、ウチの社員なんかは、話していますよ」

と、いって、今西デスクが、笑った。

二人の刑事は、新聞社を出ると、三田村がすぐ、田辺の警察署にいる伊藤雄介に電話をかけた。

雄介が、出る。

三田村がすぐ、

「あなたのお母さんは、京都友禅の着物を持っていると、いってましたよね。帯は西陣で、ついていた刺繍の梶興業のマークというのは、丸の中に、カタカナのカで、間違いありませんね？」

「はい、間違いありません。僕が、小学校一年の頃、母は、その着物を着て、ニコニコしていたのを、覚えているんです」

と、雄介が、いった。

携帯を切ると、三田村は、北条早苗に向かって、

「OK。ピッタリだ」

と、いって、満足そうに、笑った。

第六章　兄　弟

1

「くろしお9号」の先頭車両で起きた、爆破事件は、鉄道警察隊が、捜査することになった。

三田村と北条早苗の二人の刑事が、被害者の伊藤雄介が、田辺の、警察署にいることだけを、鉄道警察隊に伝えたのは、それ以上の協力は、今は、しないほうがいいだろうと、思ったからだった。

また、こちらの捜査が、楽にすすめられるだろうと読んだこともある。

三田村と北条早苗が、白浜に入って、最初に感じたのは、ここには、アンタッチャブルな世界があるなということだった。それは、梶グループというより、梶ファミリーの世界である。梶礼介の事績については、いくらでも知識が入ってくるのだが、梶ファミリーのことになると、とたんに、相手は口を閉ざしてしまうのである。逆に、いろいろと、もっともらしいことを話してくれる時は、殆《ほとん》ど、でたらめだった。

それが、ここにきて風向きが変わった。「くろしお9号」の車内で、殺人未遂事件が発生し、それを捜査する三田村と北条早苗は、現役の警視庁の刑事である。相手も嘘《うそ》はつけないからである。

爆破事件の翌日、三田村と北条早苗が、まず会ったのは、白浜駅のそばにある、派出所の若い巡査だった。野々村という、二十二歳の巡査だった。

伊藤雄介は、爆破事件に、遭遇する前、この若い巡査に会って、母の伊藤美由紀の写真を預け、もし、何か分かったら、すぐに、自分の携帯に、電話をくれるように頼んでいた。

三田村と早苗は、その結果を聞いてみようと、野々村巡査に、会いに出かけたのである。

野々村巡査は、突然、警視庁の刑事二人が訪ねてきたことに、ビックリしている感じだった。狼狽《ろうばい》の色を見せながら、野々村は、

「その伊藤美由紀さんや、彼女が世話になったという人物のことですが、申し訳ありませんが、まだ、何も分かっておりません」

「そうでしょうね。まだ二日しか、経《た》っていませんから。こちらを訪ねてきた伊藤雄介さんが『くろしお9号』の車内で、爆破事件に遭ったことは、もちろん、ご存じですね?」

と、三田村が、きいた。

「もちろん、知っておりますが、こちらに来た時に、伊藤雄介さんは、なぜか、木下俊介と名乗っていらっしゃったんです」

「そのことは、こちらでも、承知しています。この白浜のことでお聞きしたいのですが、梶興業は、この南紀白浜では、いちばん大きな、会社なんでしょう?」

「そうです。梶興業以外には、これといった大きな会社は、ありません」

と、野々村が、いう。

「梶興業が、今までに、百億円を超える金額を、町に、寄付しているというのは、本当ですか?」

と、早苗が、きいた。

「私も、詳しく、調べたわけではありませんが、そのウワサは、よく、聞いています。今でも、年間二億円から、多い時には、五億円の寄付を、町にしているそうです」

「この派出所も、その寄付の一部で、建てられたと、聞いたのですが、それも、本当ですか?」

三田村が、きいた途端、野々村巡査は、急に、険しい顔になって、

「そんなことは、ありません」

強い口調で、否定した。

「梶興業の梶社長に会うことは、よくあるんですか?」

三田村が、続けて、きく。

「お会いすることはありますが、親しく話をしたことはありません」

「どんな時に、会うんですか?」

「梶興業のトラックや、社員などが、事故や事件を起こした時には、われわれが、梶社長に会って、話を聞くこともあります」

「梶社長が主催して、毎年、ミス白浜コンテストを、やっていますが、野々村さんは、その警護にも、当たっているんじゃありませんか?」

早苗が、きいた。

「そうです。毎年の、恒例行事ですから、この派出所の人間と、白浜警察署から、応援の警官が二人来て、全員でミス白浜コンテストの警護に、当たることになっています」

「梶社長の秘書の中に、山本光男という名前の男が、いるんですが、彼のことは、知っていますか？」

と、三田村が、きいた。

「よくは知りません。何しろ、梶社長には、何人も秘書がついていますから、その一人一人の名前までは、覚えておりません」

「事故の時などは、梶興業のほうから、ここに電話が、かかってくることもありますか？」

「そうですが」

「その時は、梶社長本人が、直接、電話をかけてくるんですか？」

「いえ、そういうことは、ありません。たいていは、梶社長の秘書の誰かが、電話をしてきます」

「その時に、梶社長の秘書として、山本光男という名前を、聞いたことはありませんか？」

「今も、申し上げたように、秘書は何人もいるので、全員の名前を、いちいち覚えてはおりません」

野々村巡査が、いやに、角ばった口調で、答えた。

2

二人の刑事は、派出所を出ると、田辺警察署が貸してくれた覆面パトカーに乗り込んだ。

「あの若い、野々村とかいう巡査だけど、いやに、緊張していたね」

三田村が、いった。

早苗が、笑った。

「たぶん、梶興業とは、いろいろな、繋《つな》がりがあるんじゃないかしら？　それを知られまいと、それで緊張していたんだわ」

その時、車体に、Ⓚ製パンと書かれた、ライトバンが派出所の前に停まり、紙袋を持った運転手が下りてきて、派出所の中に、入っていった。

「野々村巡査は、お昼は、パンにしているんだろうか？」

三田村が、いうと、早苗が、笑って、

「あれは、たぶん、梶興業の中に、Ⓚという、製パン会社があって、そこが、毎日夕ダで、あの巡査に、パンを、届けているような、気がするわ」

「パンで買収か？」

「たぶん、製パン会社の車が、この白浜の中で、事故を起こした時に、手心を加えてもらうためじゃないかしら？」

「なるほどね」

三田村は、うなずいてから、アクセルを、踏んだ。

行き先は、地元の人たちが梶御殿と呼んでいる、梶興業の本社ビルである。

その受付で、二人の刑事は、最初から、警察手帳を示して、

「梶社長の秘書で、山本光男さんという方がいらっしゃると、思うのですが、その方に、お会いしたい」

と、三田村が、いった。

受付の女性は、ビル内電話をかけて、一言二言話していたが、三田村に向かって、

「申し訳ございませんが、山本は、本日は社命で、東京に、行っております。代わり

に、太田という秘書が、お会いします」

と、いった。

豪華な応接室で、その太田という、三十代の秘書に会った。

「山本さんは、今日は、東京に行っておられるんですね？」

と、三田村がきく。

「ええ、申し訳ございませんが、山本は、社長の命令で、東京に行っております」

「東京には、何の用で、出かけられたんですか？」

「東京には、梶興業の東京支社が、あります。そこへの、連絡のために、毎月行くことになっておりますので、その仕事の筈《はず》です」

「山本さんは、いつ、お帰りになりますか？　明日ですか？」

早苗が、きいた。

「おそらく、二、三日中には、こちらに、戻ってくると思います」

「そうですか。お帰りになったら、すぐに、私たちのほうに、連絡くださるように、いってください」

早苗が、携帯の番号をメモした紙を、太田に、渡した。

（明らかに、山本光男という秘書は、梶社長の命令で、東京に逃げたのだ）

三田村も北条早苗も、そう、思ったが、そのことには、触れず、

「昨日、『くろしお9号』の車内で、爆破事件が起きたことは、太田さんも、ご存じですね?」

「ええ、もちろん、知っています」

「この爆破事件に、山本光男さんが、関係しているのではないかと、われわれは、考えています」

三田村が、いうと、太田秘書は、慌《あわ》てた顔になって、

「そんなことは、ないと思います。山本という男は、そんなことを、するような人間ではありません」

「われわれは、山本さんが、問題の『くろしお9号』に乗っていたことを、確認しています。その上爆破が起きる寸前、列車から降りたことも確認しています。つまり、昨日起きた『くろしお9号』の爆破事件に、こちらの梶興業が、何らかの意味で、関係しているのではないかと、われわれは、疑っているんですよ」

三田村が、強い口調で、続ける。

「それで、梶社長にも、ぜひ、お会いしたいのですが、社長は今、こちらにいらっしゃいますか?」

「今日は、残念ながら、こちらには、おりません。急用ができたので、外に出ております」

「それでは、梶社長について、いろいろと、お聞きしたいのですが、構いませんか？」

「私で分かることでしたら、お答えしますが」

「社長の奥さんは、お元気ですか？」

「奥様は、昨年の暮れに、病死されました」

と、太田が、答える。

「それで、お子さんは？」

「息子さんが、一人いらっしゃって、現在、会社の副社長を、やっております」

「お名前は？」

「礼太郎さんです」

「おいくつですか？」

「二十七歳だったと、承知しております」

「副社長の礼太郎さんには、今から、お会いできますか？」

三田村が、きいた。

「副社長は、今日は社用で、和歌山市内に行っておりますので、申し訳ありませんが、ここには、おりません」

「副社長さんは、結婚しておられるんですか？」

「今年、大学の同窓生で、晴美さんという同年齢の女性と、結婚しました。お子さんは、まだのようです」

「伊藤美由紀さん、旧姓奥村美由紀という女性を、ご存じですか？」

早苗は、伊藤美由紀の、写真をコピーしたものを、太田の前に、置いた。

太田は、写真を、手に取って、しばらく見ていたが、

「いや、全く存じません」

「本当に、ご存じない？」

「申し訳ございませんが、私の、知らない女性です」

太田は、重ねて、否定した。

「山本秘書の、部屋があったら、見せていただけませんか？　もし、部屋がなければ、
山本さんの机や、キャビネットを調べさせていただきたいのですが」

三田村が、いった。

「刑事さんは、なぜ、そんなことを調べる必要があるんですか？」

「いいですか、さっきも、申しあげたように、昨日、『くろしお9号』の車内で、爆

破事件が起きました。われわれは、山本光男さんを容疑者と見ています。列車の爆破、そして、殺人未遂の、容疑です」

太田の顔色が、変わった。

しばらく迷ってから、

「ご案内します」

と、抑えた声で、太田が、いった。

二人の刑事が案内されたのは、社長室の隣にある、秘書室である。そこには、机が五つと、何台かのキャビネットが、置かれていた。常時五人の社長秘書が、ここに控えているのかもしれない。

太田秘書は、その中の一つの、机とキャビネットを示して、

「これが、現在、山本秘書の、使っているものです」

三田村と早苗は、鍵《かぎ》を借りてから、太田秘書には、部屋の外に、出てもらうことにした。

まず、山本秘書の大きな机を、調べる。

鍵で、引き出しをあけて、調べていく。

途端に、三田村の顔に、苦笑が浮かんだ。

「全《すべ》て、処分されているよ」

どの引き出しも、何もなく、ガランとしているのである。たぶん、昨日のうちに、危険なものは、全て、処分してしまったのだろう。

キャビネットも、同じだった。残るのは、机の上に置かれた、パソコンだけである。

しかし、さまざまな、キーを動かしてから、早苗も、苦笑した。

「事件に、関係のありそうなものは、何も残っていないわ」

「じゃあ、パソコンの上でも、危険なものはすべて、消去されているんだな？」

と、いった後で、三田村は、

「それでも、構わない。このパソコンを借りて帰ろう。科研で、調べてもらえば、何か分かるかもしれないからな」

「持って帰っても、仕方がないんじゃないの？　重要なことは、すべて消去されているんなら」

と、早苗が、いう。

「脅かして、やるんだよ。ひょっとすると、消し忘れてしまったんじゃないかと、相手に、思わせたいからね」

と、三田村が、いった。

二人が、太田に向かって、山本秘書のパソコンを、貸してくれと告げると、太田の顔色が、変わった。

しきりに、何かを、考えている。たぶん、「くろしお9号」の爆破事件に関するデータを、山本が、全て、ちゃんと消したかどうかを、考えているのだろう。

それでも構わず、三田村は、

「とにかく、このパソコンは、お借りしていきますよ。それから、なるべく早く、梶社長、あるいは、副社長の、梶礼太郎さんに、お会いしたいのですよ。あなたから、社長にいって、お会いできる日時を、決めて、連絡してください」

3

二人の刑事は、ホテルに、戻った。

ホテル内のレストランで、少し早目の夕食を取る。

「今頃、梶御殿は、大騒ぎに、なっているんじゃないかしら？」

と、早苗が、いった。

「たぶんね。何かあるから、太田秘書は、梶社長にも、副社長の礼太郎にも、山本光男という秘書にも、われわれを会わせなかったんだ」

「連中が隠そうとしているのは、もちろん会社の、経営状態じゃないわね。そんなことなら、赤字だろうと、倒産寸前だろうと、隠す必要はないんだから」

「その点は同感だよ。隠したいと思っているのは、たぶん、梶社長の個人的な、問題なんだ。だから、連中は、伊藤雄介の母親、伊藤美由紀と、結城幸子を殺してしまったり、『くろしお9号』を爆破して、伊藤雄介も、殺そうとしたんだ」

「でも、おかしいわ」

「何が？」

「伊藤雄介に対する、連中の態度よ。最初は、『みゆき』に放火して、殺そうとした。次は、一千万円の大金を、与えて、買収しようとしたわ。それなのに、昨日は『くろしお9号』の中で、再び殺そうとしたのよ。なぜ、態度が何回も、変わったのかしら？」

「おそらく、二つの理由が、あると思うね」

「二つの理由って？」

「一つは、梶家の中で、二通りの考え方を持っている連中が、いるんだ。伊藤雄介を買収して、金で、抑えようとするグループと、危険だから、口を封じてしまおうというグループだよ。グループが二つあるから、伊藤雄介に対する態度が、二通りに、分かれているのではないかと、俺は、思う。そういう考えが、一つと、最初の殺人に失敗した後、伊藤雄介を、金で、黙らせることが、できると考えたが、できそうもないと分かったので、やはり、殺そうとした。そう、考えることもできるんじゃないか?」

「伊藤美由紀を、殺したり、息子の雄介を、殺そうとする理由は、いったい、何なのかしら?」

「君は昨日、梶社長の写真を見て、伊藤雄介に似ているといっていたじゃないか。それが、今回の事件の、原因になっているんだろうと、俺は、思っている」

「伊藤雄介が、梶社長の、子どもだということよね」

「その可能性が大きいと、俺も、思っている」

「たしかに、伊藤雄介が、梶社長の息子なら、一族にとっては、大問題だとは思うけど、分からないことが、一つあるわ」

と、早苗が、いった。

「どんなこと?」

「伊藤雄介は、二十八歳よ。それなのに、去年まで、命を狙《ねら》われたことは、一度もないといっていたわ。母親の、伊藤美由紀も同じ。なぜ、ここに来て犯人は、伊藤美由紀を、殺したり、息子の伊藤雄介を狙ったりしたのかしら？　そして、おそらく、結城幸子も……。どんな変化が、梶一族の間に、起きたのかしら？」

「その辺のことは、俺にも、分からない」

と、三田村は、正直に、いった。

「それにしても、梶興業の総資産は、どのくらい、あるのかしら？」

「たぶん、億単位ではなくて、その上の、何兆円だろう」

「それなら、殺人の動機には、十分になるわね」

と、早苗が、いった。

4

翌日の午後一時を過ぎて、やっと、梶社長が、梶興業の本社で、三田村と、北条早苗の二人に、会ってもいいと、太田秘書を通じて、知らせてきた。

すぐ本社ビルで、社長の梶礼介に会うなり三田村は、

「社長秘書の、山本光男さんは、今どこにいますか？　できれば、山本さんに、お会いしたい」

と、いった。

梶は、小さく肩をすくめて、

「それがですね、業務連絡のために、東京の支社に行かせたのですが、山本君が突然、電話で、一身上の都合で、梶興業を退職したいと、いってきたんですよ。信頼のできる秘書なので、慰留したんですが、どうしても、辞めたいといって、電話を、切ってしまいました」

「山本さんは、どうして、辞めたいと、いっているんですか？」

「理由は分かりません」

予期しない展開に、三田村は、北条早苗と顔を、見合わせてから、

「社長さんにも、理由は、全く、分からずですか？」

と、念を押した。

「そうなんですよ。ただ、最近、秘書の山本君には、悪いウワサが、ありましてね」

思わせぶりに、梶が、いった。

「悪いウワサ？　いったい、どんなことですか？」

「たちのよくない連中と、付き合っているんじゃないかという、ウワサが、私のところにも、聞こえてきていたんです」

「たちのよくない連中というと？」

「暴力団ですよ」

「暴力団と、秘書の山本さんが、関係あるというウワサですか？」

「そうなんです。山本君は、何か弱みを、握られていたのかも、しれません。それで、彼にも、注意をしたんですが、突然、会社を辞めると、いい出したところを見ると、暴力団との関係が、どうしても、切れなかったんじゃないですかね？　それで、会社に、迷惑をかけてはいけないと考えて、自分のほうから、退職を申し出てきたのではないかと、思っています」

「暴力団の目的は、いったい何ですかね？」

三田村が、きいた。

「おそらく、この、南紀白浜の観光利権を、狙っているんでしょう。連中は、いわゆるホテルからの上がりを、狙っているんではないかと思いますね。それともホテルの乗っとりか。この白浜では、私たち梶興業が頑張っているので、暴力団の繋がりはほとんどないのですが、それでも、南紀白浜という名前があるので、暴力団は、金になると思っているのかも、しれません」

「話は変わりますが、社長の奥様は、去年、亡《な》くなられたそうですね？」

早苗が、きいた。

「去年の暮れに、亡くなりました。よく尽くしてくれた、家内なので、亡くなってしばらくは、何だか、気が抜けて、ボーっとしていましたね」

「奥さんが亡くなったことで、家庭内が、モメたというようなことは、ありませんか？」

「いえ、何も、ありません。私の後継者は、すでに、一人息子の礼太郎と決めていますし、私も、八十歳になったら、全てを、息子に譲るつもりでいます」

「実は、われわれは、東京の病院で起きた、殺人事件の捜査に当たっています。その関係で、こちらに来ているんです。病院で殺されたのは、伊藤美由紀さんという女性で、これが、その、伊藤美由紀さんです」

三田村は、彼女の写真を、梶社長に、渡した。

「梶社長が、この人を、昔から、ご存じだったり、かつて、会われたことはありませんか？」

「突然、女性の写真を、見せられても、記憶にあるような、無いような」

梶は、曖昧《あいまい》ないい方をした。

「この写真の女性は、実は、以前からこちらで、ずっと開催しているミス白浜コンテストで、東京から、参加して入賞した人です。旧姓では、奥村美由紀です」

と、早苗が、いった。

「ああ、それで、どこかで、見たような気がしたのかもしれません。しかし、名前は、覚えていませんね」

「彼女は、準ミスに、なったんですが、その時に、社長のあなたから、丸にカの刺繍《ししゅう》のある、西陣の帯など、着物一揃《ひとそろ》いを贈られているんです。その着物を、大事にしていたそうなんですが、そのことを、覚えていらっしゃいませんか？」

「ミス白浜コンテストに、入賞した人には、着物一式を、贈ってきましたから、この人だけを特別に、覚えているということは、ありませんね」

梶社長が、いった。

「この伊藤美由紀さんには、今年二十八歳になる息子さんがいます。名前は、伊藤雄介さんです」

と、早苗が、いった。

「そのくらいの歳《とし》の、お子さんがいても、不思議は、ないでしょうね。きっと、この写真の方に似た、今でいう、イケメンの息子さんなんじゃ、ありませんか？」

「ところが、その、伊藤雄介さんなんですが、『くろしお9号』の車内で、危うく、命を落としかけました。彼が座った座席に、爆弾が、仕掛けられていたのです。その容疑者として、われわれは、秘書の山本光男を、割り出し、彼から事情を聞こうと思っていたのですが、なぜか急に、梶興業を辞められてしまったという」

三田村が、いうと、梶は、うなずいて、

「なるほど。それで、彼が突然、電話で、退職を申し出てきた理由が分かりました。しかし、その、伊藤雄介さんを、どうして、山本が殺そうとしたんでしょうか？」

「それは、われわれにも、分かりません。ですから、直接、山本秘書に会って、話を聞きたいと思っているんですが、彼を見つけられますか？」

「警察の頼みですから、全力を挙げて、探しますが、そういう事情でしたら、おそらく、この白浜には、もう、戻ってこないと思いますが」

と、梶が、いった。

早苗が話題を変えた。

「亡くなられた奥様は、どんな方だったんでしょうか？」

「今申し上げたように、私に、よく、尽くしてくれました。梶興業が、今のように大きくなれたのは、妻の力が、ありました。ですから、よく、いうんですよ。梶興業の今の財産の半分は、家内のものだと」

そういって、梶は、ニッコリ笑った。

5

二人は、梶社長と別れたあと、十津川に、山本光男が梶興業の東京支社から、姿を消したことを、報告した。

それから、早苗が、三田村に、

「この白浜で、いちばん大きくて、有名な美容院に行ってみたいわ」

と、いった。

「どうして？」

と、三田村が、きく。

「梶社長の亡くなった奥さんが行っていた美容院で、ちょっと、聞きたいことがあるの」

「理由は？」

「昨日も、問題にしたでしょう？　なぜ急に、今頃になって、伊藤美由紀が、殺されたり、息子の伊藤雄介が、狙われたりしたのか、その理由の一つが、梶社長の、奥さんが、去年の暮れに、亡くなったことに、あるんじゃないかと、思ったの」

と、早苗が、いう。

二人は、白浜の中で、最も人気のあるという美容院を探し出し、そこのオーナーから話を、聞くことにした。

オーナーは、葛城《かつらぎ》由美子《ゆみこ》という女性だった。

「ここに、梶社長の奥さんが、お客さんとして、よく見えていたと聞きましたけど」

早苗が、きいた。

葛城由美子は、誇らしげに、

「節子さんは、ずっと、お得意さまでした」

「節子さんは、どういう方でしたか？」

「頭のいい方で、梶興業の発展には、奥様の力が、大いにプラスになっていたと思いますよ。社長さんも、その点、頭が、上がらなかったんじゃないかしら？」

と、由美子が、いう。

「女性としては、どうでしたか？」

早苗が、きく。

葛城由美子は、笑って、

「それは、どういう、意味でしょうか？」

「例えば、嫉妬《しっと》深かったとか、梶社長は、若い時には、女性に、かなりモテたんじゃないかと、思うんですよ。それに対して、奥さんの節子さんが、焼きもちを、焼いていたとか、そういうことです」

早苗がいうと、由美子は、じっと、考え込んでいたが、

「もう、お亡くなりになったんだから、お話ししても、いいでしょう。たしかに、よく焼きもちを、焼かれていましたよ。私には、女性らしくて、いいところだと思いますけど」

「それだけ、ご主人の、梶社長が、女性に、モテたということになりますか？」

三田村が、きいた。

「そういう見方も、できますけど」

「一人息子の礼太郎さんという方が、いらっしゃいますよね？」

「ええ」

「今は、梶興業の副社長に、なっていると聞いたのですが」

「ええ、お父さん譲りの、立派な息子さんですよ。お母さんの自慢の息子さんですから」

と、由美子が、いう。

「梶社長と、息子さんとの関係は、どうなんでしょうか？」

早苗がきくと由美子は、エッという顔になってから、

「うまく、行っているんじゃありません？　何しろ、息子さんは今、梶興業の副社長さんですし、お父さんの梶社長が、よくいってらっしゃるんですよ。八十歳になったら、息子に、社長の座を、譲るって。だから、二人の関係が、うまく行っていないなんてことは、あるわけないじゃありませんか？」

由美子が、なぜか、怒ったような口調で、いった。

「梶さんのところには、礼太郎さんのほかには、お子さんは、いらっしゃらないんですか？」

早苗が、きく。

「いらっしゃいません」

「礼太郎さんは、結婚して、いらっしゃるんですか？」

「ええ、今年になって、結婚されました」

由美子が、いったが、相変わらず、怒ったような、口調である。

「礼太郎さんの、奥さんは、どんな方なんですか？」

早苗が、きいた。

「警察は、どうして、そんなことまで、関心を持っているんですか？」

「何しろ、梶興業の将来を、握っているのは、礼太郎さんと、彼の、奥さんですから、どんな方なのか、知りたくて」

「ウチにも、時々、いらっしゃっていただいていますけど、きれいな方ですよ。名前はたしか、晴美さん。節子さんの大学の後輩だと、お聞きしています」

「前から、その方と、結婚することになっていたんですか？」

「ええ、私は、そう、聞いています」

「つまり、その、晴美さんは、亡くなった、梶節子さんが認めた息子さんの相手だったということになりますか？」

「そこまでは、知りませんけど、節子さんと前からの知り合いだということは、聞いています」

と、由美子が、いった。

「その晴美さんですが、亡くなった節子さんは、もっと早く、息子の礼太郎さんと結婚してほしかったんじゃありませんか？」

「節子さんは、去年の、暮れに亡くなったんですけど、刑事さんがいうように、お見えになると、よく息子の礼太郎には、一日も早く、晴美さんと、結婚してほしい。そんなことを、おっしゃっていました」

その間、葛城由美子は、終始、ご機嫌が悪かった。あまりにも、北条早苗が、梶家のことについて、しつこく、質問したからだろう。

車に戻ると、三田村が、笑いながら、

「あの美容院のママさん、ご機嫌が、悪かったな。君が、あまりにも、梶一家のことをしつこく聞くからだよ」

「これで、何となく、動機らしきものが、分かってきたわ」

早苗が笑顔で、いう。

「動機って、何の動機だ？」

「今回の一連の事件の動機よ」

「俺には、まだ、よく分からないから、説明してもらえないか？」

「それじゃあ、私、のどが、渇いたから、お茶でも、飲みながら話しましょうよ」

と、早苗が、いった。

三田村はすぐ、車を、白浜駅近くの喫茶店に向けた。二階が、喫茶店になっている、小さなビルである。そこの二階で、コーヒーを飲みながら、早苗が、説明した。

「現在、伊藤雄介は、二十八歳、梶礼太郎は二十七歳、つまり、伊藤雄介のほうが、一年早く、生まれているの」

「それで？」

「伊藤雄介は、梶社長と、よく似ている。あの年の、ミス白浜コンテストで、当時の梶社長が、伊藤美由紀が好きになって関係を持ち、伊藤雄介が、生まれたんじゃないかと、私は、思っているの。その時に、梶社長が、認知をしていれば、今頃、梶興業の副社長は、梶礼太郎ではなくて、伊藤雄介になっていたかも、しれないわ」

「なるほどね」

「だけどその時には、すでに、昨年亡くなった、節子さんと、結婚していたと思うの。もし、独身だったら、伊藤雄介を認知したんじゃないかと思うから。梶社長の奥さんは、美容院のママさんもいっていたけど、かなりの焼きもち焼きだったみたいだから、絶対に、伊藤雄介の認知なんて、させなかったでしょうね。だから、そのままで、過ぎてきた。翌年、夫婦の間に、礼太郎が、生まれて、息子として、成長していった。たぶん、その間も、梶社長の胸の中には、伊藤美由紀と伊藤雄介のことが、あったんじゃないかしら？　去年の暮れに、奥さんの節子さんが、亡くなった。そうなると、俄然《がぜん》、伊藤美由紀と息子の、伊藤雄介のことが、問題になってくる。つまり、社長派と、亡くなった、夫人派のグループがいて、社長派のほうは、社長はきっと、伊藤美由紀や、伊藤雄介に、会いたがっているだろうと、考える。夫人派のほうは、もし、社長の気が、変わって、伊藤雄介を認知してしまったら、会社の中が、大揺れになって、自分たちの地位も、危なくなってくる。そう考えて、伊藤美由紀と、事情を知っている恐れがある結城幸子を、殺してしまった。続いて、息子の雄介を殺そうとしたが、放火殺人に失敗してしまった。またすぐに、狙ったんでは、警察が、黙っていないだろう。そこで、しばらく、間を置くつもりで、伊藤雄介に一千万円を渡し、しばらくの間、黙らせようとした。ところが、伊藤雄介は、そのことに、かえって、疑問を抱いて、この白浜にやって来た。梶社長に、話を聞いた時に、感じたんだけど、どうも、梶社長と、副社長の梶礼太郎の間は、うまく、行っていないような、気がしたわ」

「どうして？」

「だって、梶社長は、今七十歳でしょう？　普通なら、自分の息子に社長の椅子《いす》を譲って、自分は、会長かなんかになって、悠々自適にすごしてもいい歳だわ。それなのに、七十歳になっても、まだ、自分が社長で、息子には、副社長の座しか、与えていない。それで二人の間は、うまく、行っていないんじゃないかと、思ったの。そうだとすると、梶社長は、ひょっとすると、伊藤雄介を認知してしまうかもしれない。副社長の礼太郎の上に、一歳年上の長男が、できてしまう。その上社長と副社長の間がうまく行っていなければ、梶社長が、伊藤雄介に、社長の椅子を、与えてしまいかねない。そう考えれば、梶興業の中に、自分の地位を心配する者が、出てきたとしても、おかしくはないと、思う。だから、梶社長が認知してしまう前に、『くろしお9号』の車内で、殺そうとしたんじゃないかしら？」

「もし、君の推理が正しいとしても、その推理に対していろいろと疑問が生まれてくるよ」

と、三田村が、いった。

「もちろん、そうだと、思う。その一つ一つの答えを見つけていけば、今回の事件の全体が分かってくるんじゃないかしら？　だから、あなたが、疑問だと思ったことを、挙げてみてちょうだい」

早苗が、いった。

「まず、梶社長の秘書、山本光男だよ。今までは、彼が、梶社長の指示で、伊藤雄介殺しに動いたと思っていた。でも、君の考えたストーリーが正しければ、これは明らかに間違いだね。梶社長が、伊藤雄介を、認知しようとして、それを邪魔したのが、山本光男という秘書なんだから」

と、三田村が、いった。

「その通りよ。梶社長が、伊藤雄介のことを、気にしている。ひょっとすると、認知してしまうのではないか？　その恐れがあったので、山本は、伊藤雄介殺しに動いたんだと、今は、そう、思っているわ。だから、梶興業の中に、社長派と、反社長派がいて、反社長派は、亡くなった、社長夫人の節子と、礼太郎のグループだけど、山本光男は、そちらの、グループに属していて、自分で勝手に考えていて、伊藤雄介を、殺そうとしたんじゃないかしら？」

「そうなると、山本光男が、突然、電話で梶社長に、退職を願い出たという話も、ちょっとおかしいことに、なってくるね」

「今までは、梶社長が、自分が、伊藤雄介殺しの黒幕と、思われるのがイヤで、実行者の山本秘書を、辞職ということにして、逃亡させたと思っていたんだけど、こうなると、どうやら、そうじゃ、ないみたいね。逆に、梶社長のほうが、山本秘書の行動に、怒って、クビにしたんだと、今思っているわ」

「そうなってくると、駅前の、派出所にいる野々村という、若い巡査のことが気になってくるんだが」

と、三田村が、いった。

「その点は、同感。たぶん、あの若い巡査は、梶家の誰かに、買収されているわ。伊藤雄介の証言によれば、彼が、あの派出所に行き、野々村巡査に、母親の、伊藤美由紀のことを調べてほしいといった、その翌日に、男が、電話をかけてきて、伊藤雄介を、『くろしお9号』に誘ったんだから」

「あの、野々村巡査が、犯人に、連絡したと考えられるんだ。それで犯人が、伊藤雄介殺しに動いた。そう考えた方が正しいんだ」

「私は、そう、思っているわ」

「それで、これからどうするね？」

「もちろん、あの若い巡査に、もう一度、会いに、行きましょうよ」

早苗が、立ち上がった。

6

二人が、駅前の派出所に行き、中を覗《のぞ》くと、野々村巡査の姿はなくて、中年の巡査長が、机に向かって、日誌を、書き込んでいた。

二人が、その巡査長に、警察手帳を、見せて、

「野々村巡査は？」

「理由は分かりませんが、突然、野々村巡査が、退職願を出して、サッサと、派出所から、姿を消してしまいました。そこで、私が、ここに、派遣されてきたんです」

と、巡査長は、いい、加藤と名乗った。

「それでは今、野々村巡査が、どこにいるか分からないんですか？」

と、早苗が、きいた。

「全く分かりません。どこに行ったのか分かりませんし、どうして、急に辞めてしまったのか、それも、分かりません」

「たしか、野々村巡査は、この近くのマンションに、住んでいたんじゃありませんか？」

「そうなんですが、そのマンションも、すでに、引き払ってしまっています。管理人も、どこに行ったのか、分からないと、いっていました」

昨日、三田村たちが、会った時には、野々村巡査は、警察を辞めるような素振りは、全く、見せていなかった。とすると、その後で、梶興業の、誰かから連絡があったのだろう。すぐに、辞めて、姿をくらますようにという指示があったに違いない。

「あなたは、野々村巡査のことを、よくご存じですか？」

と、早苗が、きいた。

「それはまあ、同僚ですから、いろいろと、知ってはいますが、歳の差がありますので、それほど、親しいということは、ありません」

と、加藤巡査長がいった。

「あなたが知っている範囲で、結構ですから、野々村巡査について、話してもらえませんか？」

三田村が頼んだ。

「明るくて、元気な、今どきの、若者ですよ。それに、空手二段じゃ、なかったかな？」

「性格のほうは、どうですか？　先輩や上役に対して、強く自己主張をするほうですか？　それとも、長いものには、巻かれるほうですか？」

「そうですね、どちらかといえば、偉くなりたいといった、性格じゃないですか？　だから、そのためには、長いものには巻かれるタイプですよ。よく勉強していて、試験に、合格して、刑事になりたいといっているのを聞いたことが、あります」

「私たちが見たのは、Ⓚ製パンというパン屋の車が、この前に、停まって、運転手が、パンだと思うのですが、野々村巡査に、渡していましたけど」

早苗が、いうと、加藤が、笑って、

「あのⓀ製パンの車は、もし、事故を起こしてしまった時に、警察に手心を加えてもらいたくて、毎日、この派出所にパンを配っているんですよ。いってみれば、安い賄《わい》賂《ろ》じゃ、ありませんか。野々村巡査は、平気でしたが、私は、ああいうことは、止《や》めたほうがいいと、注意したことがあるんです。そのうちに、パンの代わりに金でも、もらうようになったら、それこそ、大変ですから」

「そうですか、やっぱり、あのパンは、一種の、賄賂だったんですか？」

「野々村巡査は、そんな生活を喜んでいたような、気がしますね。自分には、特権が、与えられている。そのことが、嬉《うれ》しかったみたいに、見えました。だから、止めなかった」

「梶興業から、与えられた特権ということですか？」

「まあ、いちばん下っ端《ぱ》の、巡査ですからね。特権と、いったって、ささやかなものですが、そんなことに、野々村巡査は、喜んでいたような、気がしますね。たしか、ある年の正月に、梶興業から、新年会の招待状が来たといって、それを、得意げに、仲間たちに見せて、回っていました」

「何とかして、野々村巡査を、見つけ出してもらえませんか？　彼に、質問したいことがあるんですよ」

と、早苗が、いった。

「何か、やらかしたのですか？」

「今のところ、殺人未遂の、共犯容疑ということです」

三田村がいうと、加藤巡査長の顔色が、変わった。

「そんな疑いが、野々村巡査に、かかっているのですか？」

「本当です。多分、それが自分でもわかっていたから、先手を打って、どこかに、姿を消したんだと思います」

「署に、すぐ、電話をしますよ」

と、加藤が、いった。

加藤が、署に、電話をしている間に、三田村と早苗の二人は、今まで野々村巡査が使っていた机と、キャビネットを、調べてみた。

机の引き出しも、キャビネットの中も、あらかた、空になっていたが、三田村が、何気なく、壁に目をやると、そこに、カレンダーがあって、ローマ字で、「ＹＡＭＡＭＯＴＯ」と、他に数字が、記入してあった。

三田村は、電話をかけ終わった、加藤巡査長に、

「このカレンダーの書き込みは、あなたが、書いたものですか？」

と、きいてみた。

「それは、野々村巡査が、書いたものです。私は、今日から、ここに来ましたから」

列車の爆破があった日付のところにある数字は、たぶん、梶興業本社の電話番号だろう。

そして、ローマ字で「ＹＡＭＡＭＯＴＯ」とあるのは、梶社長の秘書、山本光男のことだろう。

伊藤雄介が、ここに、野々村巡査を訪ねてきて、母親のことで、いろいろと頼んだ後、野々村は、山本光男かその仲間に、電話をかけたのだ。そして、伊藤雄介殺しの計画が、実際に、動き出すことに、なったのではないのか？

三田村が、そのカレンダーを、壁から外していると、加藤が、

「野々村巡査は、殺人未遂の、共犯者なんですか？　彼は本当に、そんなことを、やったんですか？」

と、同じ質問をしてくる。

「いや、まだ、彼の犯行だという、確証はありませんよ。容疑の段階です。一昨日、

『くろしお9号』の中で、爆破事件が、あったでしょう？　あの事件に、野々村巡査が、関係している可能性があるんです」

「どうして、そんなことを、やったんでしょうか？」

　と、加藤が、三田村に、きいた。

「さっき、あなたが、いったじゃありませんか？　野々村巡査というのは、梶興業から、特権を与えられていると、喜んでいたって。その延長線で、まずいことをやったんですよ」

「彼はたぶん、この白浜を、牛耳っている梶興業に近づいていった。それが、いけなかったんでしょうか？」

「どんなふうに、彼は、梶興業と親しくなったんですか？」

　と、早苗が、きく。

「そうですね、毎年、この白浜で、ミス白浜コンテストが、開催されるんですよ。その時には必ず、野々村巡査は、警備に行くんですが、そんな時は、やたらに、張り切っていますよ。忠勤を励むんです。それで、梶興業の偉い人から、警察を辞めて、梶興業に来ないかといわれたといって、嬉しそうな顔をしていましたからね。その後も、野々村巡査に、いわせると、梶興業のお偉方と親しくしていたのではありませんかね」

と、加藤が、いった。

「しかし、実際には、野々村巡査は、警察を辞めて、梶興業には、行かなかったんでしょう？」

「それがですね、野々村巡査は、こんなことも、いっていたんです。梶興業の方から、よかったら、警察を辞めて、こちらに、来ないかと誘われた。しかし、何も持たずに行ったら、梶興業の中で、出世なんかできない。その他大勢に、なってしまう。だから、何か、手柄を立ててから、それを持って、梶興業に入ったら、出世するんじゃないか？ そんなことを、いっていましたね」

と、加藤が、いった。

野々村巡査は、梶社長の秘書、山本光男に電話で、伊藤雄介のことを、知らせた。それが、野々村がいっていた手柄に当たるのだろうか？

このあと、北条早苗刑事は、十津川に電話をして、自分の考えを、そのまま、伝えた。

「なるほどね。それで、事件の説明が、つくのか？」

電話の向こうで、十津川が、きく。

「はっきりとした証拠は、ありませんが、説明はつきます」

「そうなると、なおさら、伊藤雄介のことが心配になってくるんだが、彼は今、安全なところにいるんだろうね？」

「近くの、田辺警察署に、預かってもらっています。警察の中ですから、安全だと、思っていますが」

「しかし、白浜派出所の、野々村という巡査は、犯罪に、加担してしまっているんだろう？」

「そう思います。その野々村巡査は、警察を辞めて、どこかに、姿を消しました」

「そうなると、田辺警察署で預かってもらっているとしても、安全ではないかもしれないぞ」

と、十津川がいう。

「そうでしょうか？」

「今から電話をして、確認してみろ」

と、十津川が、いった。

北条早苗は、急いで、田辺警察署に電話を、かけた。

「そちらで、預かっていただいている伊藤雄介さんの様子は、どうですか？」

「いや、先ほど、午後二時頃、一人で、出かけましたが」

と、相手が、いう。

その返事を聞いて、早苗は、舌打ちした。

「どうして、出かけさせたんですか？」

声が、どうしても、荒くなってしまう。

「われわれも、引き留めたんですが、伊藤雄介さんは、どうしても、会いたい人がいるので、ちょっと、会ってきますといって、出かけていってしまったんです。とにかく、伊藤雄介さんは、すでに、成人ですし、容疑者として留置されているわけでも、ありませんから、無理に引き留めるというわけにも、いきませんでした」

と、相手が、いった。

「誰に会いにどこへ行ったのか、何とか分かりませんか？」

「出かける寸前に、伊藤雄介さんの携帯が、鳴っていましたから、誰かが、電話をかけてきてその電話の相手に会いに行ったんでしょう。その後すぐに、出かけましたから」

「その時、伊藤雄介さんは、何も、いっていなかったんですか？」

「はい」

「今日の、午後二時ですか?」

「そうです。午後二時五、六分過ぎに、伊藤雄介さんは、出かけました。こちらとしては、止めたんですが」

相手が、繰り返していった。

「分かりました」

電話を切ると、早苗は、厳しい目で、三田村に、向かって、

「非常事態が、発生したわ。伊藤雄介が、姿を消してしまったわ」

第七章　さらば南紀の海よ

1

十津川は、ふいに、事件のクライマックスが、目の前に出現したような気分になった。

警察が捜査を進めると共に、危険が大きくなると思えるので、田辺警察署に、避難するようにと、三田村たちは、伊藤雄介にすすめた。

それなのに、なぜ、突然、伊藤雄介は、安全なはずの、田辺警察署を出て、行方をくらましてしまったのか？

十津川には、その理由が、どうしても理解できなかった。

「私もすぐ、カメさんと一緒に、そちらに行く」

伊藤雄介が姿を消したことを、知らせてきた北条早苗に、そういって、十津川は、電話を切った。

三田村は、電話を切った早苗に向かって、

「明らかに、伊藤雄介は、携帯電話で、誰かに誘い出されたと思う。そして、この南紀白浜の町に、来るつもりだ。俺には、そうとしか思えない」

「同感だけど、普通の人間に、呼び出されたのならば、黙って、出ていくはずはないわ。伊藤雄介が、会う必要のある特別な人間が、彼を呼び出したのだと思う」

と、早苗は、いった。

「たしかにね。だとすると、まず考えられるのは、梶興業の社長の梶礼介か、息子の礼太郎の、どちらかだな」

「そうね。でも、二人以外に、もう一人いるわ」

「もう一人？　誰のこと？」

三田村は、ちょっと、考えてから、

「ああ、そうか、派出所の野々村巡査か？」

「その通り」

「そうだな。野々村からの、電話なら、話を聞きに、会いにいくな」

「野々村巡査は、伊藤雄介から、美由紀が、南紀白浜で事件に巻き込まれた時、大変お世話になった人がいる。その人のことを、調べてほしいと、頼まれていたのよ。電話の相手がその野々村巡査で、頼まれたことが分かったから、報告したいといえば、伊藤雄介は、何を置いても、駆けつけるはずだわ」

「そうだな」

「どう考えても、野々村巡査は、陰で、梶興業のために動いているわ。これは間違いないと思うわ」

「たしかに、そうなんだが、疑問はある。伊藤雄介が、この白浜にやって来ても、最初のうちは、何事も、起きなかった。ところが、ここに来て『くろしお9号』の車内で、何者かに、殺されそうになったんだ。それを、どう考えたらいいんだろうか？」

「それは、あなたのいうとおり、梶興業の中に、伊藤雄介を、殺そうとする勢力と、殺すことはないという勢力があるんだと思う。伊藤雄介を、殺そうとする勢力は、今までに、彼の母親を病院で殺したうえ、店に放火し、さらに、母親と親しかった結城幸子も殺している。それに反対のグループは、伊藤雄介に、大金を与えて、彼を、白浜に来させないようにしたのよ。今現在、この二つの勢力が、それぞれ、陰で動き回っている」

「なるほど。しかし、具体的に、どっちが、伊藤雄介を、殺そうとしているか、分かるのか？」

「普通に考えれば、梶興業の、社長の梶礼介のほうは、殺したくないという気持ちが、強いんじゃないかと思う。多分、梶礼介は、ずっと亡《な》くなるまで伊藤美由紀に、未練を持っていただろうし、そうなら、当然、その息子の、伊藤雄介のことだって、気にしているに違いないわ。逆に、梶礼太郎のほうは、伊藤雄介を、殺そうと考えていると思って、間違いないと思う。派出所の野々村巡査は、以前から、梶礼太郎に金をもらって、彼のために、働いていたんだと、考えていいと思う」

「そうなると、犯人の動機は、やはり、梶興業の、財産というか、梶礼介の、莫大《ばくだい》な個人資産ということになってくるね。他にも、いろいろと可能性を考えてみても、俺には、それ以外の動機は、思いつかないんだが」

「そうね、殺人の動機は、多分お金でしょうね。この、南紀白浜に来て、梶興業という会社が、この町を、支配していることを知って、これなら、殺人の動機にも、十分なり得るだろうと、思ったわ。今もいったように、梶社長は、ずっと伊藤美由紀に、未練を持ってきたと思う。その上、梶社長の妻は、昨年の暮れに、亡くなっている。一人になった梶礼介は、もう一度、伊藤美由紀に、会いたいと思って、生前の彼女に、電話でも、かけたんじゃないかしら？　だから、伊藤美由紀は、ガンで入院した後、息子の伊藤雄介に、何かしたいことはないかといわれて、南紀白浜に、行ってみたいと、答えたんだと思うの。今まで、何十年もの間、彼女は、南紀白浜のことなんて、一度も、口にしていなかったのに、ここに来て急に、そんなことを、いい出したんだから、梶社長から連絡があったとしか思えない。梶社長の、そんな気持ちを知って、梶興業の副社長をしている梶礼太郎は、だんだん不安になってきたんじゃないかしら。もし、白浜に、伊藤美由紀がやって来て、ひとり身になった父親、梶礼介が、伊藤美由紀と再婚でもしたら、自分が、受け継ぐ筈《はず》の財産の大部分を、彼女に持っていかれてしまうという恐怖を、感じたんじゃないかと思う」

「しかし、伊藤美由紀は、ガンで入院中に、病院の中で、殺されたんだよ。そのまま放っておいても、彼女は、間違いなく、死んでしまうのに、わざわざ危険を冒してまで、病院の中で、どうして、彼女を殺したりしたんだろう？　なぜ、彼女が死ぬまで、待てなかったんだろう？　俺には、それが唯一《ゆいいつ》の、謎《なぞ》というか、疑問なんだがね」

と、三田村が、いった。

「伊藤美由紀が、ガンで入院したからこそ、逆に、彼女を、殺したんじゃないかと思うわ」

「その理由は？」

「今まで、伊藤美由紀は、南紀白浜にも、行かなかったし、梶興業の社長との関係も、誰にもしゃべらなかった。それが余命幾ばくもないと、分かってからは、考えが変わって、話したくなったんじゃないかしら？　それに、彼女には、自分が死んだ後の、息子の、伊藤雄介のことも、心配だったはずだわ。それで、伊藤美由紀が、梶社長に、電話をかけて、実は、雄介は、私とあなたの間に、生まれた子どもだから、もし、自分が死んだら、彼の面倒を、見てもらえないかと話すかも知れない。そんなことも考えて、梶礼太郎は、心配に、なったんじゃないかと思うわ。だからこそ、伊藤美由紀を、わざわざ、病院の中で殺したんだと思う」

「二人目に殺された、さっちゃんこと、結城幸子が、狙《ねら》われた理由は、何だろう？　さっちゃんは別に、南紀白浜の、梶興業とは、何の関係もなかったはずだよ」

「結城幸子は、殺された、伊藤美由紀とは、昔から親しかったわけでしょう？　伊藤美由紀を殺した犯人にしてみれば、伊藤美由紀が、幸子に、南紀白浜でのことを、何もかも、話していたんじゃないかという不安を持っていたのかも知れないわ」

「それはつまり、何十年も前の、若い時の梶社長との関係を、ということかな？」

「ええ、そうよ。もし、結城幸子が、その当時のことを、事件の参考ということで、警察に行って話しでもしたら、警察の目が、南紀白浜に、向けられてしまう。伊藤美由紀を、殺した理由が、バレてしまう。それで、犯人は、結城幸子の口も、封じてしまったんだと思うわ」

「梶社長は、そうしたことを、知っているんだろうか？」

「さあ、どうでしょう？ その点を、本人に直接会って、聞いてみましょうよ」

2

三田村と、北条早苗の二人は、和歌山県警に事情を話し、県警のほうからも、梶社長に、三田村と、北条早苗に、会うよう勧めてくれるように頼んだ。

そのおかげも、あってか、再び、梶社長は、三田村と、早苗の二人に会って、話をすることを、承諾した。

今度二人が、梶社長に会ったのは、梶興業の社長室ではなくて、白浜空港の近くにある、社長の別荘だった。

高台にある、その別荘からは、遠く太平洋を見下ろせるようになっていた。

梶社長は、二人の刑事に向かって、いきなり、

「会社のことに、ついてなら、申し訳ないが、話すつもりはない」

と、いった。

梶社長の、この言葉を、逆に考えれば、おそらく、梶興業の中で、何か、問題になることが、起きているに違いないと、三田村は、思った。

「分かりました。会社のことは、お聞きしません。それでは、梶社長の個人的なことを伺いますが、梶社長は、本当は、伊藤美由紀さんという女性をご存じですよね？」

三田村が、きいた。

「伊藤美由紀なら、たしかに、知っている。しかし、彼女と、関わりを持ったのは、ずいぶん、昔のことだよ。もう三十年近くも前だ。だから、細かいところは、すっかり、忘れてしまっている」

礼介は、観念したように、いった。

「伊藤美由紀さんには、一人息子がいます。伊藤雄介さんと、いうのですが、この伊藤雄介さんは、あなたと、伊藤美由紀さんとの間に、生まれた子どもではないかとい

う人がいます。その点は、どうなんですか？　伊藤雄介さんが、あなたのお子さんだというのは、本当ですか？」

「いや、それは、単なる、ウワサだよ。それにだ、もし、彼が、私の実子だったとしても、あなた方警察とは何の関係もないだろう？」

「現在、梶興業の、副社長をなさっている一人息子の、礼太郎さんは、今年二十七歳でしたよね？」

「ああ、そうだ」

「もし、伊藤雄介さんが、あなたのお子さんだったら、現在、彼は、二十八歳ですから、礼太郎さんの一つ年上の、兄ということになってきます」

「年齢だけをいえば、たしかに、そうなるが、今もいったように、伊藤美由紀との、思い出は、もう何十年も前の、過去のことだよ。今さらそんなことを、いわれたって、私には、どう返事していいのか分からないね」

「伊藤雄介さんが、あなたのお子さんだったとすると、彼が生まれた時にはまだ、礼太郎さんは、生まれていませんから、あなたが、認知していたら、今頃は、伊藤雄介さんが、梶興業の、副社長になっていた可能性もありますよね」

早苗が、横から、いった。

「私はね、もしもという、仮定の話が苦手なんだよ。昔から、リアリストを自認しているものでね。仮定の話には、どう答えていいか、分からないんだ」

礼介が、小さく笑った。

「しかし、礼太郎さんにとってみれば、放っておけない、大変重大な話なんじゃないでしょうか？」

と、早苗が、続けた。

「一歳年上の兄がいて、父親のあなたが、伊藤雄介さんを認知していたら、今頃、梶興業副社長の椅子《いす》は、礼太郎さんではなく、伊藤雄介さんが占め、礼太郎さんは、その下で、働くことになっていたかも知れない。それは、礼太郎さんにしてみれば、大変大きな問題ではないでしょうか？　それに、父親のあなたは、奥さんを病気で亡くして、心細くなっていました。そこで、長いこと会わずにいた伊藤美由紀さんに、連絡したんじゃありませんか？　それに、もし、あなたと礼太郎さんとの間がうまくいっていなかったら、あなたは、今からでも、伊藤雄介さんを、認知してしまうかもしれない。もし、そんなことにでも、なったら、礼太郎さんは、あまりにも、多くのものを、失ってしまうことになります。そこで、多分、礼太郎さんは、そんな不幸な将来を、何とかして、今のうちに消してしまおうと、考えたんでしょうね。そこでまず、あなたが、まだ、未練を持っていると思われる、伊藤美由紀さんを殺してしまいました。そして次には、美由紀さんが、あなたとのことを、話していたかもしれない、そんな仲のいい友だちの、結城幸子さんの口も封じてしまいました。ひょっとして、こうしたことは、ご存じなんじゃありませんか？　ご存じなくても、想像していたんじゃありませんか？　間違っていますか？」

早苗が、きくと、梶礼介は、質問には、答えず、

「申し訳ないが、私には、礼太郎以外に、子どもは、いないんだ。伊藤雄介というのは、私には、関係のない人間だ」

とだけ、いった。

3

「駅前の派出所に、野々村という、若い巡査がいたんですが、突然退職して、行方を、くらましてしまいました。その野々村巡査のことは、ご存じですか？」

三田村が、きいた。

「いや、知らん。巡査一人が、辞めようが、どこに行こうが、私とは、何の関係もな

いだろう」

「野々村巡査は、礼太郎さんから、お金をもらって、彼のために、動いていたと思われるふしがあるんですよ」

三田村が、いい、それに続けて、北条早苗が、

「伊藤雄介さんは、今、南紀白浜に、来ています。命を狙われる恐れがあるので、私たちは、田辺警察署にお願いをして、彼を守ってもらうことにしました。そのほうが安全だと思ったのですが、何者かに、呼び出されて、現在、伊藤雄介さんは、行方不明に、なっています。この件には、野々村巡査が、絡《から》んでいると、見ています」

「君たちは、私に、いったい、何をいいたいのかね?」

「伊藤雄介さんは、われわれが、田辺の警察署に、しばらく、身を隠しているようにといったにも、かかわらず、礼太郎さんが、指示をしたと思うのですが、野々村巡査によって、どこかに呼び出されてしまったと思われます。このままでいけば、たぶん、伊藤雄介さんは、殺されてしまうでしょう。理由は、彼の母親、伊藤美由紀さんが殺されたことと同じです。梶興業の、あるいは、梶社長、あなたの個人財産が狙いです。このままで行けば、間違いなく、伊藤雄介さんは、殺されます。彼は十中八九、殺された、伊藤美由紀さんと、梶社長、あなたとの間に、生まれた子どもですよ。だ

から、殺されるんです。私たち警察としては、その前に、何とかして、彼を見つけ出して、犯罪を未然に、防ぎたいと考えています。それには、あなたの力が、絶対に必要なんです。捜査に、協力していただけませんか？」

と、三田村が、いった。

「そんなことは全《すべ》て、君たち二人の、妄想じゃないのかね？　この南紀白浜の静かなところで、殺人事件なんか起こるはずがないと、思うがね」

「それでは、礼太郎さんに、電話をして、連絡していただけませんか？　私たちには、礼太郎さんが、どこにいるのかが分かりませんから、次の殺人を防げないのです」

と、三田村が、いった。

「電話で連絡をして、何といえばいいのかね？」

「急用が、できたので、すぐ、こちらに来るようにと、いっていただけませんか？　もし、礼太郎さんが、今回の伊藤雄介さんの行方不明に、関係しているとすれば、いろいろと理由をつけて、こちらに来ることを断るかもしれませんが、何とか、こちらに来るように、説得していただきたいのです」

と、三田村が、いった。

少しの、躊躇《ちゅうちょ》があった後、梶礼介は、息子の礼太郎に、電話をかけた。

「君に、話がある。すぐこちらに来てもらいたい」

と、礼介が、いった。

電話の向こうで、息子の礼太郎が、盛んに何かをいっているようだが、その声までは、こちらには聞こえてこない。

「とにかく、大事な、用があるんだ。そんなことは放っておいて、いいから、すぐにこちらに来なさい」

少し声を荒げて、梶礼介が、いった。

その後、

「いいか、とにかく、すぐに、来るんだ。待っている」

と、いって、礼介が、電話を切った。

「礼太郎さんは、やはり、そちらには、行くことができないと、そういったんじゃありませんか？」

と、早苗が、きいた。

「何でも、和歌山にある、支社に、大事な用があって、どうしても、これから、そこに行かなくてはならない。だから、そちらには、行けないといっていたよ。その仕事は、部下に任せて、すぐこちらに来なさいと、いっておいた」

「礼太郎さんは、ここに来ると思いますか？」

と、三田村が、きく。

梶礼介は、ムッとした顔になって、

「来るに決まっている。社長であり、父親でもある私が、すぐに来いと、いっているんだ。今までに、礼太郎が、私のいうことに、反抗したことはない」

「今、礼太郎さんは、どちらに、いるんですか？」

「会社だよ」

「会社からここまで、車だと、そんなに、時間はかかりませんね？」

「二十分もあれば、こちらに着くはずだ」

と、礼介が、いった。

しかし、その二十分が過ぎても、三十分が過ぎても、礼太郎は、姿を現さなかった。

「どうしたんでしょうか？　礼太郎さんは、来ませんね」

「おかしい。今日に限って、なぜ、私のいうことを、聞かないんだ？　そんなヤツではないんだが」

と、梶礼介が、いった。

「私たちは、これで失礼して、礼太郎さんのことを、探すことにしますが、その前に、最後に一つだけ、教えてください」

「何だね？」

「あなたは、伊藤雄介さんが、本当に、自分の子どもであるかどうか、調べたんじゃありませんか？　ＤＮＡ鑑定をされたのでは、ありませんか？」

と、早苗が、きいた。

「ああ、調べたよ」

「どういう結果が、出たんでしょうか？」

梶礼介は、一瞬考えていたが、

「今は、いいたくない」

と、答えるのを、拒否した。

4

二人の刑事が、梶礼介の別荘を、出るとすぐ、三田村の携帯が、鳴った。

十津川の声で、

「今、カメさんと二人、白浜空港に、着いたところだ」

「それでは、すぐ空港にお迎えに、行きます。今、空港のそばにいますから」

と、三田村が、答えた。

待たせていたタクシーで、空港に向かう。

空港で、十津川警部と亀井刑事を、出迎えると、空港内を歩きながら、梶礼介に会って話した結果を、報告した。

「そうか。梶礼介は、伊藤雄介のことで、DNA鑑定をしたことがあるんだ。思った通りだったな」

「そのことは、はっきりと、認めたんですが、その結果については、今は、話したくないといって、教えてくれませんでした」

三田村が、残念そうな顔で、いうと、亀井が、

「梶社長は、DNA鑑定を、したと認めたんだろう?」

「ええ」

「それなら、その結果は、聞くまでもないよ。決まっているじゃないか?」

「どう決まっているんですか?」

「もし、伊藤雄介が、自分の子どもじゃなかったら、その結果は、すぐに、教えるさ。伊藤雄介が、自分の子どもと分かったから、逆に、結果を教えなかったんだよ。いろ

いろと迷っているんだ」

亀井が、いった。

「私も、カメさんの考えに、同感だ。伊藤雄介が、梶礼介の実子であることは、まず、間違いないだろう」

と、十津川もいう。

「それで、伊藤雄介は、まだ、行方不明のままなのか？」

「そうです。依然として、行方不明のままです。どこに、行ったのか、誰に会っているのか、分かりません」

「君たちは、空港でレンタカーを借りて、野々村の行方を探すんだ。伊藤雄介と一緒にいる可能性が、高い」

十津川が、いった。

三田村と北条早苗は、空港内の営業所で、レンタカーを借りる、手続きをした。

「われわれも、レンタカーを、借りようじゃないか」

と、十津川が、いった。

十津川と亀井も営業所に行き、レンタカーを、借りると、亀井がハンドルを握ることになった。

「どこに行きますか？」

と、亀井が、きく。

「まず、梶興業の本社に行ってくれ」

海に面した温泉地帯である。梶興業の本社ビルは、ホテルが、林立している中でも、豪華なビルだから、すぐに、分かる。

二人は、本社に着くと、副社長の、梶礼太郎に会いたいと、受付の女性に告げた。

しかし、現在、外に出ていて、ここにはいないという答えだった。行き先も、分からないという。

十津川は、そこで副社長の秘書を呼び出してもらった。

その男に、十津川が、いった。

「副社長の礼太郎さんは、何時頃に、ここを出たんですか？」

「一時間くらい前だったと、思います」

と、秘書が、答える。

その時刻と、三田村たちの報告を重ね合わせて考えれば、梶礼太郎は、父親の梶礼介が電話をした直後に、どこかに、外出したことになる。

「どうして、秘書のあなたは、一緒に行かなかったんですか？　副社長の礼太郎さんは、いつも、秘書のあなたを残して、一人で、出かけるんですか？　そんなことは、ないでしょう？」

「ええ、たしかに、いつもは、必ず、私がお供するのですが、今日は、プライベートな要件だから、君は来なくてもいいといわれて、副社長は、一人で、お出かけになったんです」

「それは、あまり、例のないことだということですね？」

「ええ、そうです」

と、秘書の男が、いった。

それならば、副社長の、梶礼太郎は、父親の梶礼介に、知られたくないことを、やるために、一人で、出かけたことになってくる。

それがどんなことか、考えるまでもない。

誘い出した伊藤雄介を、どうかするために、外出したのだ。

「今から、あなたは、私たちと、行動してもらう」

十津川は、有無をいわせない口調で、沼田というその秘書を、強引に、連れ出して、車に乗せた。

「これから、梶礼太郎さんが、行きそうな場所を、全部、案内してほしい。何とかして、一刻も早く、副社長を、見つけ出したいんだ」

と、十津川が、いった。

「なぜ、副社長を、警察が、追いかけているんですか?」

沼田秘書が、きく。

「副社長が、人を殺すことが考えられるので、その前に、何とかして、捕まえたいんだ」

「人を殺す? どうして、副社長が、そんなことを、するんですか?」

「今、説明している時間が、ないんだ。とにかく、いちばん、行きそうなところへ案内してほしい。そこへ行くまでに、理由を、説明する」

十津川が、いい、亀井が、アクセルを踏んだ。

十津川たちが用意した、南紀白浜の地図を指差しながら、沼田秘書は、

「まず、ここに、行ってみてください」

「ここに、何があるんだ?」

と、十津川が、きく。

「副社長が、親しくしている女性が住んでいます」

沼田秘書のいった、若い女性のマンションには、十二、三分ほどで、着いた。

部屋に、問題の女性は、いたが、そこに、梶礼太郎の姿は、なかった。

女性は、ここしばらく、礼太郎は、来ていない。電話連絡も、ないと、いう。

その間も、十津川は、三田村や北条早苗と、携帯で、連絡を取り合っていた。

「こちらは今、駅前の、派出所に来て、野々村巡査の代わりに、白浜警察署からやって来た巡査長に、話を聞いているところです」

と、北条早苗が、いった。

十津川のほうは、同行した、沼田秘書が、

「ここに、いないとすると、今、副社長が、どこにいるのかは、私には、判断ができません」

と、いう。

「副社長の、礼太郎さんは、梶社長の一人息子でしょう？」

「そうです」

「それなら、子どもの頃から、大事にされているはずだ。それに、梶興業というのは、この南紀白浜を、ほとんど、押さえています。それなら、どこかに、一人だけで、行くところが、絶対に、あるはずですよ。どこか、思い当たりませんか？」

亀井が、きいた。

沼田秘書は、しばらく考えていたが、

「そういえば、一カ所だけ、考えられるところが、あるんですが」

「どこですか?」

「クルーザーが、係留されているマリーナです。副社長は、海が、好きなんですよ。大きなクルーザーを、持っていて、それをマリーナに頼んで、係留していたのですが、あの船は、最近、ある人に売ってしまったと、副社長は、いっていたんです。ですから、マリーナに行っても、クルーザーは、他人の手に渡ってしまっているので、副社長は、いないかも知れませんが」

「その、クルーザーは、どのくらいの、値段のものですか?」

「たしか、二億円か、三億円だと、聞いたことがあります」

「礼太郎さんは、それを、最近、ある人に、売ってしまったと?」

「ええ、そうです。副社長が、私に、いったんですよ。あのクルーザーは、手離してしまった。だから、もう、君を海に連れていくことができなくなった。そういわれたんです」

その時、三田村たちから、電話が、入った。

「野々村元巡査のことを、いろいろと調べてみたら、彼が、最近、クルーザーを、手に入れて、喜んでいたという情報が、ありました。何でも、梶興業の副社長が持っていた、豪華なクルーザーで、どうして、若い野々村が、そんなものを、手に入れることが、できたのか分からないと、同僚たちは、不思議がっていたそうです」

と、三田村が、いう。

「そのクルーザーは、二、三億円は、するんだろう？　とても野々村が手に入れられる、金額ではないはずだ」

「値段までは、分かりませんが、とにかく、一度、乗せてもらった同僚は、あまりにも豪華なので驚いたと、いっています」

これは、北条早苗刑事が、いった。

そんな報告を、聞いて、十津川は、思わずニッコリした。

「それは、野々村が、よく命令どおりに動いてくれたといって、梶礼太郎副社長が、自分の持っている、豪華なクルーザーを、野々村に、プレゼントしたんだろう」

「どうして、そんな高いものを、プレゼントしたんでしょうか？」

三田村が、きく。

「それは、間違いなく、殺人の報酬だよ」

と、十津川が、いった。

マリーナに係留されている船の中でも、そのクルーザーは、圧倒的な大きさと、豪華さを誇っていた。たしかに、二、三億円は、しそうである。

5

十津川と亀井は、レンタカーから降りて、桟橋の先端に、係留されている、クルーザーに、目をやった。

「たしかに、すごい、クルーザーですね。しかし、殺人の成功報酬、それも二人も殺しているのなら、犯人は、当然の報酬と思うでしょうね」

と、亀井が、いう。

「たしかに、殺人の報酬としては、十分だな」

十津川は、同行している沼田秘書に、

「副社長が、持っていたのは、あのクルーザーで、間違いありませんか?」

「ええ、間違い、ありませんよ。何度か、乗せていただいて、その中で、おいしいワインを、いただいたことが、あります」

沼田秘書が、いった。

三田村と、北条早苗の二人も、現場に到着した。

二人は、野々村元巡査が、手に入れたというクルーザーの写真を持ってきていた。

「写真に、写っているのは、間違いなく、あのクルーザーですね。同僚の話によると、野々村巡査は、今まで、自宅マンションから、駅前の派出所に、通っていたのですが、あのクルーザーを、手に入れると、そこに、寝泊まりして、派出所に、通うようになったそうです」

と、三田村が、いった。

問題は、眼の前のクルーザーに、誰が乗っているかということである。

日が落ちると、クルーザーのキャビンから、明かりが、漏れるのが確認できた。誰かが、あのクルーザーに、乗っているのだ。

十津川たちは、桟橋をゆっくり踏みしめるようにして、豪華クルーザーに、近づいていった。

亀井、三田村、そして、北条早苗の三人の刑事が、足音を立てずに、時間をかけて、クルーザーのデッキに、上がっていった。

それを見とどけてから、十津川が、キャビンのドアを、二度、ノックした。

キャビンの中から、聞こえていた話し声が、急に止《や》んだ。

十津川は、さらに、ドアを、ノックしながら、奥に向かって、

「こちらは、海上保安庁ですが、最近、この辺りで、ヨットや、クルーザーを狙う空き巣が、頻発しています。そこで、警備の参考にしたいので、お話を伺いたいのですが」

あくまでも、丁寧な口調で話しかけた。

それがよかったのか、キャビンのドアが、開いた。

顔を出したのは、二十代前半と思える、若い男だった。十津川としては、初めて見る顔である。

(間違えたかな?)

十津川は、舌打ちしたが、その男の肩越しに奥を見ると、写真で見た梶礼太郎副社長の顔を、見つけた。

「それでは、皆さん、外に出ていただけませんか? 向こうにある事務所で、お話を、伺いたいので、一緒に来ていただきたいのです」

その声で、十津川と顔を合わせた梶礼太郎は、何かを感じ取ったのか、

「すぐ出港だ! その男は、海上保安庁の人間じゃない!」

と、怒鳴った。

反射的に、十津川は、目の前に立っている若い男を突き飛ばした。

それを、合図に、ほかの刑事たちが、デッキから、ドッと降りてきて、キャビンに飛び込んでいった。

肝心の、伊藤雄介の姿は、どこにもない。

その時、キャビンに作られた、トイレから、男の唸《うな》り声が聞こえた。

三田村が、トイレの、ドアを開けた。

途端に、粘着テープを、体中に巻かれて、さるぐつわも、かまされている伊藤雄介が、ドッと、トイレから、転がり出てきた。

亀井刑事が、大声で、叫んだ。

「君たちを、誘拐と監禁の容疑で、緊急逮捕する！」

あとは、狭いキャビンの中で、殴り合いになった。

十津川は、三人を、警察署まで連行した。

現場には、伊藤雄介が、監禁されていたから、犯人の梶礼太郎も、彼に金をもらっていた、野々村元巡査も、金欲しさに事件に、力を貸した、野々村の友人も、犯行を、否定しなかった。

6

三人の実行犯のほかに、山本光男も、東京で身柄を拘束された。

十津川は、参考人として、梶礼介にも、捜査本部に来てもらった。

そこに、逮捕されている息子の、梶礼太郎を見て、梶礼介は、全てを、話すことを決心したらしい。

しかし、十津川も、訊問《じんもん》は、大変だった。何しろ、始まりは、三十年近くも前だったからである。

梶礼介と礼太郎の自供から、事件の全貌《ぜんぼう》が、明らかになった。

事件は、今から、二十九年前の、白浜の夏に始まっている。

この年の夏も、梶興業の、梶社長が主催して、白浜の海岸で、恒例の「ミス白浜コンテスト」が開催されていた。

地元の女性でも、観光客の女性でも、参加自由のコンテストということで、地元の女性たちに、交じって、五人の観光客の女性が、参加した。

その中に、東京から遊びに来ていた、奥村美由紀が参加していて、準優勝になった。そして、早苗の想像どおり、女性に目のない梶社長は、自分がいちばん気に入った女性を、あえて、優勝にはせず、わざと、準優勝にしたのだ。優勝した女性には、南紀白浜の観光を宣伝する仕事をさせ、準優勝の奥村美由紀を、自分の権限で、独占した。

特に、この年、梶社長は、例年になく、準優勝の奥村美由紀のことが、気に入って、すぐに関係を、持ってしまったらしい。

問題は、たった一度の関係だったのに、奥村美由紀が、妊娠してしまったことである。

その時、まだ、子どものいなかった梶礼介は、生まれた子どもを、認知しようとした。

そのことを知った妻、節子が、怒って騒動になり、奥村美由紀のほうも、しいて、認知を求めなかった。梶礼介は、ただ生まれてくる子供のために、部下の伊藤雄一郎と、形だけの、結婚をさせた。

その後も、梶社長は、伊藤美由紀のことが忘れられず、折々に、資金援助をしていた。その資金で、伊藤美由紀は、居酒屋を開業し、ブランド品も、たくさん買うことが、出来たのである。

その後、二人は、会うことは勿論《もちろん》、電話で話すこともなかったという。

ところが、一年前に、事態が変わった。

梶礼介の妻が、突然、病死したのである。

そうなると、一人になった、梶礼介は、もう一度、伊藤美由紀に、会いたくなり、電話で連絡を取った。

最初のうち、伊藤美由紀は、南紀白浜に行くことを、ためらっていた。自分が、南紀白浜に行くことで、ごたごたが起きることが怖かったらしい。

しかし、ガンが、発見されて入院した。やはり、病院に、一人で入院していると、どうしても寂しくなってくる。

そこで、伊藤美由紀は、病気が治って、退院したら、息子の雄介と一緒に、もう一度、南紀白浜に、行きますと、梶礼介に、電話をかけてきたという。

美由紀の存在を知った、息子の梶礼太郎は、不安になった。

もし、父親の梶礼介が、伊藤美由紀と再婚をするとでも、いい出したら、いったい、どうなるのか？

少なくとも、父親の礼介が、亡くなった時、遺産の半分は、伊藤美由紀に渡ってしまう。

梶礼太郎は、財産を奪われるという不安から、入院中の、伊藤美由紀を殺すことを、考えた。

その頃、派出所に勤務している野々村という若い巡査が、何かといっては、礼太郎のところに、やって来ていた。

何かにつけて、金を欲しがるところがあり、礼太郎は、役に立つときが、あるだろうと、小遣いを与えていた。

礼太郎は、その野々村を、利用することを思いついた。自分の派閥に属する、秘書の山本光男とともに、東京に行かせ、入院中の伊藤美由紀を殺すことを、頼んだ。二人の方が、確実に、殺せると考えたのだ。うまくいったら、君が欲しがっていた、あのクルーザーを、やろう。そういって、礼太郎は、野々村巡査を買収したのである。

野々村は、礼太郎に、命じられた通り、非番の時に、東京に出かけていき、山本と協力し、入院中の伊藤美由紀を殺した。

そして、約束したクルーザーは、野々村巡査のものになった。

梶礼太郎は、これで、ホッとしたのだが、あと二人、危険な人物がいることが分かった。

一人は、伊藤美由紀と、日頃から仲のよかったさっちゃんこと、結城幸子だった。彼女は、美由紀と南紀白浜との関係を、入院中の美由紀から聞き、南紀白浜にいる、梶興業の社長、梶礼介や、副社長の梶礼太郎のことを、調べ始めたのである。

そこで、また不安になってきた礼太郎が、もう一度、山本と野々村を使い、結城幸子を殺した。

もう一人は、自分の兄にあたる、伊藤雄介だった。

父の礼介は、死んだ伊藤美由紀に、未練を持っていたらしい。礼太郎には、少なくとも、そんな感じに、見える。だから、伊藤雄介が、名乗り出てくれば、父は、自分の子どもとして、彼を、認知してしまうかもしれない。

礼太郎は、それでは、困るのである。

山本と野々村は、「みゆき」に放火し、伊藤雄介を殺そうとしたが、失敗してしまった。

一方、父の礼介は、伊藤雄介に、とりあえず、一千万円という、大金を渡し、こちらが殺すのを、邪魔したりしている。礼介は、雄介が、白浜に来たりすれば、命が危ないので、来るなと警告したという。つまり、礼太郎が、何をやっているか、想像がついていたのだ。

そのうちに、その伊藤雄介が、とうとう、南紀白浜に、やって来てしまった。

伊藤雄介が、父の梶礼介と、会って親しくなる前に、どうしても、殺さなければならない。

そう思って、礼太郎は、今度は、山本に動いてもらうことにした。

山本は、「くろしお9号」に伊藤雄介を、誘って乗り込ませ、座席ごと爆弾で吹き飛ばしてしまおうとした。

この計画も、失敗すると、礼太郎は、とにかく伊藤雄介を、父の礼介と、会わせてはいけない。そう考えて、今度は、野々村巡査に頼んで、伊藤雄介を監禁することを計画した。さすがに、野々村巡査も、ここで、警察を退職した。

野々村は、伊藤雄介から、母が世話になった人を調べてくれと、頼まれていた。それを利用して、調査の結果を話したいといって、電話をかけて、伊藤雄介を誘い出し、仲間の男と一緒に、礼太郎も手伝って、監禁した。

しかし、殺される寸前に、何とか、十津川たちが、助け出すことが出来たのである。

7

一方、社長の、梶礼介は、息子の礼太郎が、何か、企《たくら》んでいることに、薄々気がついていた。

しかし、まさか、東京の病院で、伊藤美由紀を殺したのが、息子の礼太郎の指示だとまでは、思わなかった。

東京で、伊藤美由紀が、殺されたと知った時は、息子の礼太郎を疑ったが、犯人だと、確信したわけではなかった。

伊藤雄介が、美由紀の「南紀白浜に行きたい」という言葉の意味を、知るために、南紀白浜に来たがることは、予想できた。そこで、南紀白浜に来ることは、危険であると知らせて、わざわざ、一千万円を、伊藤雄介に、与えておいたのである。

8

梶礼太郎は、山本光男と野々村巡査に、伊藤美由紀・雄介母子《おやこ》や結城幸子の殺人を、頼んだという罪で、山本と野々村、そして、その友人は、殺人と監禁の実行犯として、起訴されることになった。

その後、関係者がどうなったかは、十津川は、知らなかった。

一つの事件が、片付けば、なるべく、その事件のことは、忘れてしまいたいという気持ちが、あったからである。

そんな十津川だったが、年が明けてから、伊藤雄介が、梶礼介の養子に迎えられた話を聞いた。

本作品は二〇一三年二月中央公論新社から刊行され、
二〇一五年一二月中公文庫に収録された。

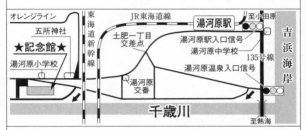

さらば南《なん》紀《き》の海《うみ》よ

新潮文庫　に-5-42

令和三年八月一日発行

著者　西《にし》村《むら》京《きょう》太《た》郎《ろう》

発行者　佐藤隆信

発行所　株式会社新潮社

郵便番号　一六二―八七一一
東京都新宿区矢来町七一
電話　編集部(〇三)三二六六―五四四〇
読者係(〇三)三二六六―五一一一
https://www.shinchosha.co.jp

価格はカバーに表示してあります。

乱丁・落丁本は、ご面倒ですが小社読者係宛ご送付ください。送料小社負担にてお取替えいたします。

印刷・三晃印刷株式会社　製本・株式会社植木製本所

ISBN978-4-10-128542-9 C0193